COSACNAIFY

FORMAS DE VOLTAR PARA CASA

ALEJANDRO ZAMBRA

TRADUÇÃO José Geraldo Couto

Para Andrea

Agora sei caminhar; não poderei aprender nunca mais.

W. BENJAMIN

Em vez de gritar, escrevo livros.

R. GARY

1.

PERSONAGENS SECUNDÁRIOS

UMA VEZ ME PERDI. TINHA SEIS OU SETE ANOS. VINHA DISTRAÍDO e de repente não vi mais meus pais. Me assustei, mas logo retomei o caminho e cheguei em casa antes deles – continuavam me procurando, desesperados, mas naquela tarde achei que tinham se perdido. Que eu sabia voltar para casa e eles não.

Você tomou outro caminho, dizia minha mãe, depois, com os olhos ainda chorosos.

Foram vocês que tomaram outro caminho, pensava eu, mas não dizia.

Meu pai, na poltrona, olhava tranquilamente. Às vezes acho que sempre esteve largado ali, pensando. Mas talvez não pensasse em nada. Talvez só fechasse os olhos e recebesse o presente com calma ou resignação. Naquela noite, no entanto, falou – isso é bom, me disse, você superou a adversidade. Minha mãe o fitava com receio, mas ele seguia alinhavando um confuso discurso sobre a adversidade.

Me recostei na poltrona em frente e fiz que dormia. Escutei-os brigar, no estilo de sempre. Ela dizia cinco frases e ele respondia com uma única palavra. Às vezes dizia, cortante: não. Às vezes dizia, à beira de um grito: mentira. E às vezes, inclusive, como os policiais: negativo.

Naquela noite minha mãe me carregou até a cama e me disse, talvez sabendo que eu fingia dormir, que a escutava com atenção, com curiosidade: seu pai tem razão. Agora sabemos que você não se perderá. Que sabe andar sozinho pelas ruas. Mas você deveria se concentrar mais no caminho. Deveria caminhar mais rápido.

Obedeci. Desde então caminhei mais rápido. De fato, dois anos mais tarde, na primeira vez que falei com Claudia, ela me perguntou por que eu andava tão rápido. Levava dias me seguindo, me espiando. Tínhamos nos conhecido havia pouco, na noite do terremoto, 3 de março de 1985, mas na ocasião não havíamos conversado.

Claudia tinha doze anos e eu, nove, razão pela qual nossa amizade era impossível. Mas fomos amigos ou algo assim. Conversávamos muito. Às vezes penso que escrevo este livro só para recordar aquelas conversas.

NA NOITE DO TERREMOTO EU TINHA MEDO, MAS TAMBÉM ME agradava, de alguma forma, o que estava acontecendo.

No jardim da frente de uma das casas os adultos montaram duas barracas para que nós, crianças, dormíssemos ali. No começo foi uma confusão, porque todo mundo queria dormir na de estilo iglu, que era então uma novidade, mas ela foi dada às meninas. Nos fechamos para brigar em silêncio, que era o que fazíamos quando estávamos sozinhos: golpear uns aos outros alegre e furiosamente. Mas o nariz do ruivo sangrou quando tínhamos acabado de começar e tivemos que procurar outra brincadeira.

Alguém teve a ideia de fazer testamentos e de início nos pareceu uma boa, mas logo descobrimos que isso não tinha sentido, pois se viesse um terremoto mais forte o mundo se acabaria e não haveria ninguém a quem deixar nossas coisas. Depois imaginamos que a Terra era como um cachorro se sacudindo e que as pessoas caíam como pulgas no espaço e pensamos tanto nessa imagem que nos deu um acesso de riso e também nos deu sono.

Só que eu não queria dormir. Estava cansado como nunca, mas era um cansaço novo, que fazia os olhos arderem. Decidi que passaria a noite em claro e tentei me infiltrar no iglu para continuar conversando com as meninas, porém a filha do carabineiro me expulsou dizendo que eu queria violá-las. Naquela época eu não sabia bem o que era um violador, mas de todo modo jurei que não queria violá-las, que só queria olhá-las, e ela riu zombeteiramente e respondeu que isso era o que sempre diziam os violadores. Tive que ficar de fora, escutando-as brincar, dizendo que as bonecas eram as únicas sobreviventes – chacoalhavam suas donas e caíam em prantos ao comprovar que estavam mortas, embora uma delas achasse melhor assim, porque a raça humana sempre lhe parecera pestilenta. No final disputavam entre si o poder e, ainda que a discussão parecesse longa, foi resolvida rapidamente, pois de todas as bonecas só havia uma barbie original. Esta ganhou.

Encontrei uma cadeira de praia entre os escombros e me aproximei com timidez da fogueira dos adultos. Era estranho ver os vizinhos, talvez pela primeira vez, reunidos. Enfrentavam o medo com uns goles de vinho e longos olhares de cumplicidade. Alguém trouxe uma velha mesa de madeira e a pôs no fogo, sem mais nem menos – se você quiser, eu jogo também o violão, disse meu pai, e todos riram, inclusive eu, que estava um pouco desconcertado, porque não era habitual que meu pai fizesse piadas. Nisso voltou Raúl, o vizinho, com Magali e Claudia. Estas são minha irmã e minha sobrinha, disse. Tinha ido buscá-las depois do terremoto e regressava agora, visivelmente aliviado.

RAÚL ERA O ÚNICO NA VILA QUE MORAVA SOZINHO. PARA MIM era difícil entender que alguém morasse sozinho. Pensava que estar sozinho era uma espécie de castigo ou de doença.

Na manhã em que ele chegou com um colchão amarrado ao teto de seu Fiat 500, perguntei a minha mãe quando viria o resto da família dele e ela me respondeu docemente que nem todo mundo tinha família. Então pensei que devíamos ajudá-lo, mas em pouco tempo entendi, com surpresa, que a meus pais não interessava ajudar Raúl, que não julgavam que fosse necessário, que até mesmo sentiam certa reticência quanto àquele homem magro e silencioso. Éramos vizinhos, compartilhávamos um muro e uma fileira de alfenas, mas uma distância enorme nos separava.

Na vila se dizia que Raúl era democrata-cristão e isso me parecia interessante. É difícil explicar agora por que a um menino de nove anos podia então parecer interessante que alguém fosse democrata-cristão. Talvez eu acreditasse que havia alguma conexão entre o fato de ser democrata-cristão e a situação triste de morar sozinho. Nunca tinha visto meu pai conversar com Raúl, por isso me impressionou que naquela noite eles compartilhassem uns cigarros. Achei que falavam sobre a solidão, que meu pai dava ao vizinho conselhos para superar a solidão, embora devesse saber muito pouco sobre a solidão.

Magali, enquanto isso, estava abraçada a Claudia num canto distante do grupo. Pareciam pouco à vontade. Por cortesia, mas talvez com uma ponta de maldade, uma vizinha perguntou a Magali em que ela trabalhava e ela respondeu de imediato, como se já esperasse a pergunta, que era professora de inglês.

Já era muito tarde e me mandaram ir dormir. Tive que abrir um espaço para mim, a contragosto, na barraca. Estava com medo de adormecer, mas me distraí escutando aquelas vozes perdidas na noite. Como começaram a falar das mulheres, entendi que Raúl tinha se afastado para junto delas. Alguém disse que a menina era estranha. Não tinha parecido estranha para mim. Tinha parecido bonita. E a mulher, disse minha mãe, não tinha cara de professora de inglês – tinha cara de dona de casa, nada mais, acrescentou outro vizinho, e esticaram a piada por um tempo.

Eu pensei na cara de uma professora de inglês, em como devia ser a cara de uma professora de inglês. Pensei em minha mãe, em meu pai. Pensei: meus pais têm cara de quê? Mas nossos pais nunca têm cara realmente. Nunca aprendemos a olhá-los bem.

ACHAVA QUE PASSARÍAMOS SEMANAS E MESMO MESES À INTEMpérie, à espera de algum remoto caminhão com alimentos e cobertores, e até me imaginava falando para a televisão, agradecendo a ajuda de todos os chilenos, como nos temporais – pensava naquelas chuvas terríveis de outros anos, quando não dava para sair e era quase obrigatório ficar diante da tela olhando as pessoas que tinham perdido tudo.

Mas não foi assim. A calma voltou quase de imediato. Naquele recanto perdido a oeste de Santiago o terremoto não tinha sido mais do que um enorme susto. Umas tantas muretas foram derrubadas, mas não houve grandes estragos nem mortos. A tevê mostrava o porto de San Antonio destruído e algumas ruas que eu tinha visto ou julgava ter visto nas escassas viagens ao centro de Santiago. Intuía confusamente que aquela era a dor verdadeira.

Se havia algo a aprender, não aprendemos. Agora penso que é bom perder a confiança no solo, que é necessário saber que de um momento para outro tudo pode vir abaixo. Mas na época voltamos, sem mais, à vida de sempre.

Papai comprovou, satisfeito, que os prejuízos eram poucos: nada além de algumas rachaduras nas paredes e uma vidraça despedaçada. Minha mãe só lamentou a perda dos copos zodiacais. Quebraram-se oito, incluídos o dela (peixes), o de meu pai (leão) e o que a vovó usava quando vinha nos ver (escorpião) – não tem problema, temos outros copos, não necessitamos de mais, disse meu pai, e ela respondeu, sem olhar para ele, olhando para mim: só o teu se salvou. Em seguida foi buscar o copo do signo libra, que me entregou com gesto solene, e passou os dias seguintes um pouco deprimida, pensando em presentear os outros copos a alguém de gêmeos, alguém de virgem, alguém de aquário.

A boa notícia era que não voltaríamos imediatamente ao colégio. O antigo edifício havia sofrido danos importantes e quem o tinha visto dizia que era um monte de ruínas. Era difícil imaginar o colégio destruído, embora não fosse tristeza o que eu sentia. Sentia apenas curiosidade. Me lembrava, em especial, do trecho baldio no final do terreno onde brincávamos nas horas livres e o muro rabiscado pelos meninos do ensino médio. Pensava em todas aquelas mensagens voando em pedaços, espalhados nas cinzas do solo – recados jocosos, frases a favor ou contra o Colo-Colo, a favor ou contra Pinochet. Uma frase em especial me divertia muito: Pinochet gosta de pica.

Na época eu estava e sempre estive e sempre estarei a favor do Colo-Colo. Quanto a Pinochet, para mim era um personagem da televisão que conduzia um programa sem horário fixo, e eu o odiava por isso, pelos aborrecidos pronunciamentos em cadeia nacional que interrompiam a programação nas melhores partes. Tempos depois o odiei por ser filho da puta, por ser assassino, mas na época o odiava somente por aqueles intempestivos shows que meu pai olhava sem dizer palavra, sem conceder mais gestos que uma tragada mais intensa no cigarro que levava sempre grudado na boca.

O PAI DO RUIVO VIAJOU, POR AQUELA ÉPOCA, A MIAMI, E VOLTOU com um taco e uma luva de beisebol para seu filho. O presente produziu uma inesperada ruptura em nossos costumes. Durante uns dias trocamos o futebol por aquele esporte lento e um pouco estúpido que mesmo assim hipnotizava meus amigos. A nossa praça devia ser a única do país onde os meninos jogavam beisebol em vez de futebol. Eu tinha muita dificuldade de acertar a bola ou lançá-la bem, razão pela qual passei rapidamente para a reserva. O ruivo se tornou popular e foi assim que, por culpa do beisebol, fiquei sem amigos.

Pelas tardes, resignado à solidão, eu saía, como se diz, para me cansar: caminhava ensaiando trajetos cada vez mais longos, embora quase sempre respeitasse uma certa geometria de círculos. Examinava os traços, as quadras, registrando novas paisagens, apesar de que o mundo não variava muito: as mesmas casas novas, construídas de repente, como que obedecendo a uma urgência, e não obstante sólidas, resistentes. Em poucas semanas, a maioria dos muros tinha sido restaurada e reforçada. Era difícil suspeitar que acabava de ocorrer um terremoto.

Agora não entendo bem a liberdade de que gozávamos na época. Vivíamos numa ditadura, falava-se de crimes e atentados, de estado de sítio e toque de recolher, e mesmo assim nada me impedia de passar o dia vagando longe de casa. As ruas de Maipú não eram, então, perigosas? De noite sim, e de dia também, mas, com arrogância ou com inocência, ou com uma mescla de arrogância e inocência, os adultos brincavam de ignorar o perigo: brincavam de pensar que o descontentamento era coisa de pobres e o poder, assunto dos ricos, e ninguém era pobre nem rico, pelo menos não ainda, naquelas ruas, naquela época.

Numa daquelas tardes topei com a sobrinha de Raúl, mas não soube se devia cumprimentá-la, e voltei a vê-la nos dias seguintes. Não me dei conta de que ela, na verdade, me seguia – é que eu gosto de caminhar rápido, respondi quando falou comigo, e depois veio um silêncio longo que ela rompeu perguntando se eu estava perdido. Respondi que não, que sabia perfeitamente voltar para casa. Era brincadeira, quero falar com você, vamos nos encontrar na próxima segunda-feira, às cinco, na confeitaria do supermercado – disse isso assim, numa só frase, e se foi.

NO DIA SEGUINTE ME ACORDARAM CEDO PORQUE PASSARÍAMOS o fim de semana na represa Lo Ovalle. Minha mãe não queria ir e tardava os preparativos confiando que logo chegaria a hora do almoço e seria preciso mudar os planos. Meu pai decidiu, entretanto, que almoçaríamos num restaurante, e partimos logo. Na época, comer fora era um verdadeiro luxo. No assento traseiro do carro, fui pensando no que escolheria, e ao final pedi *bistec a lo pobre* – meu pai me advertiu que era um prato muito grande, que eu não seria capaz de comê-lo, mas nessas escassas saídas era permitido pedir sem limitações.

De repente reinou aquele clima pesado em que só se pode conversar sobre a demora da comida. O pedido demorava tanto que meu pai decidiu que iríamos embora quando chegassem os pratos. Protestei, ou quis protestar, ou agora penso que deveria ter protestado. Se é para ir, vamos já, disse minha mãe com resignação, mas meu pai nos explicou que daquele modo os donos do restaurante perderiam a comida, o que era um ato de justiça, de vingança.

Seguimos viagem, mal-humorados e famintos. Na verdade, eu não gostava de ir à represa. Não permitiam que me afastasse muito, e eu me aborrecia um monte, mas mesmo assim tentava me entreter nadando um pouco, fugindo dos ratos que viviam entre as pedras, observando os vermes comerem serragem e os peixes agonizarem na margem. Meu pai se instalava para ficar o dia inteiro pescando e minha mãe passava o dia olhando para ele e eu via o meu pai pescar e via minha mãe olhando para ele e era muito difícil entender que eles se divertissem assim.

Na manhã de domingo fingi estar resfriado porque queria dormir um pouco mais. Eles foram para as pedras depois de me fazer incontáveis recomendações. Em pouco tempo me levantei e liguei o som para escutar Raphael enquanto preparava o café da manhã. Era uma fita cassete com suas melhores canções que minha mãe tinha gravado do rádio. Por azar, num descuido, apertei Rec durante uns segundos. Arruinei a fita justo no estribilho da canção "Qué sabe nadie".

Me desesperei. Depois de pensar um pouco, julguei que a única solução era cantar por cima do coro, e me pus a praticar a frase impostando a voz de uma forma que pareceu convincente. Finalmente decidi gravar e escutei a fita várias vezes, achando, com indulgência, que o resultado era adequado, embora me preocupasse a falta de música naqueles segundos.

Meu pai dava bronca mas não batia. Nunca me bateu, não era seu estilo, preferia a grandiloquência de algumas frases que de início impressionavam, pois as dizia com absoluta seriedade, como se atuasse no último capítulo de uma telenovela: você me decepcionou como filho, nunca vou perdoar o que acaba de fazer, teu comportamento é inaceitável etcétera.

Eu alimentava, mesmo assim, a ilusão de que alguma vez me espancaria até quase me matar. Uma lembrança habitual de infância é a iminência dessa surra que nunca chegou. A viagem de volta foi, por isso, angustiante. Logo que partimos de regresso a Santiago eu disse que estava cansado de Raphael, que era melhor escutarmos Adamo ou José Luis Rodríguez. Pensei que você gostasse de Raphael, respondeu minha mãe. As letras de Adamo são melhores, disse eu, mas o resultado fugiu do meu controle, pois involuntariamente dei lugar a uma discussão sobre se Adamo era melhor que Raphael, na qual se chegou a mencionar Julio Iglesias, o que era absurdo sob todos os aspectos, porque ninguém na minha família gostava de Julio Iglesias.

Para demonstrar a qualidade vocal de Raphael, meu pai decidiu colocar a fita e ao chegar a "Qué sabe nadie" tive que improvisar um desesperado plano B que consistia em cantar muito alto desde o começo da canção, calculando que ao chegar ao refrão minha voz soaria mais alto. Me repreenderam porque eu cantava aos gritos, mas não descobriram a adulteração da fita. Uma vez em casa, porém, quando eu cavava uma pequena cova junto à roseira para enterrar a fita cassete, me descobriram. Não tive outro remédio senão contar-lhes toda a história. Riram muito e escutaram a canção várias vezes.

À noite, entretanto, apareceram no meu quarto para dizer que me castigariam com uma semana sem sair. Por que me castigaram se riram tanto, perguntei, indignado. Porque você mentiu, disse meu pai.

NÃO PUDE, ENTÃO, COMPARECER AO ENCONTRO COM CLAUDIA, mas no fim das contas foi melhor, porque quando lhe contei essa história ela deu tanta risada que pude contemplá-la sem complexos, esquecendo, de algum modo, o vínculo estranho que começava a nos unir.

Não consigo lembrar direito, porém, das circunstâncias em que voltamos a nos ver. Segundo Claudia foi ela que me procurou, mas eu me lembro também de ter vagado longas horas esperando vê-la. Seja como for, de repente estávamos caminhando juntos de novo e ela me pediu que a acompanhasse até sua casa. Dobramos várias esquinas e até mesmo ela, na metade de uma passagem, me disse que voltássemos atrás, como se não soubesse onde morava.

Chegamos, por fim, a uma vila de só duas ruas, a travessa Neftalí Reyes Basoalto e a travessa Lucila Godoy Alcayaga. Parece piada, mas é verdade. Boa parte das ruas de Maipú tinha, ainda tem, esses nomes absurdos: meus primos, por exemplo, moravam na travessa Primeira Sinfonia, contígua à Segunda e à Terceira Sinfonia, perpendiculares à Calle El Concierto, e próximas às travessas Opus Uno, Opus Dos, Opus Tres etcétera. Ou a própria travessa onde eu vivia, Aladino, que cruzava com a Odín e a Ramayana e era paralela à Lemuria – vê-se que no final dos anos setenta havia gente que se divertia muito escolhendo os nomes das travessas onde depois viriam morar nossas famílias, as famílias novas, as famílias sem história, dispostas ou talvez resignadas a habitar aquele mundo de fantasia.

Moro na vila dos homens reais, disse Claudia naquela tarde do reencontro, fitando-me nos olhos com seriedade. Moro na vila dos homens reais, disse de novo, como se precisasse recomeçar a frase para continuá-la: Lucila Godoy Alcayaga é o verdadeiro nome de Gabriela Mistral, explicou, e Neftalí Reyes Basoalto, o nome real de Pablo Neruda. Sobreveio um longo silêncio que rompi dizendo a primeira coisa que me ocorreu: morar aqui deve ser muito melhor que viver na travessa Aladino.

Enquanto dizia essa frase idiota com lentidão, pude ver suas espinhas, sua cara branca e avermelhada, seus ombros pontudos, o lugar onde deviam estar os peitos, mas no qual por enquanto não havia nada, e seu cabelo que não seguia a moda, pois não era curto, ondulado e castanho, e sim comprido, liso e negro.

JÁ FAZIA UM TEMPO QUE ESTÁVAMOS CONVERSANDO JUNTO À grade quando ela me convidou a entrar. Eu não esperava, porque naquela época ninguém esperava isso. Cada casa era uma espécie de fortaleza em miniatura, um reduto inexpugnável. Eu mesmo não podia convidar amigos, porque minha mãe sempre dizia que estava tudo sujo. Não era verdade, porque a casa reluzia, mas eu pensava que talvez houvesse certo tipo de sujeira que simplesmente eu não distinguia, que quando fosse grande quem sabe visse camadas de pó onde agora não via mais que o piso encerado e madeiras lustrosas.

A casa de Claudia se parecia bastante com a minha: os mesmos horrendos cisnes de ráfia, dois ou três chapeuzinhos mexicanos, várias vasilhas minúsculas de argila e panos tecidos em crochê. A primeira coisa que fiz foi perguntar onde era o banheiro e descobri, com assombro, que naquela casa havia dois banheiros. Nunca tinha estado antes numa casa onde houvesse dois banheiros. Minha ideia da riqueza era justamente essa: imaginava que os milionários tinham casas com três banheiros, com cinco banheiros, até.

Claudia me disse que não sabia ao certo se sua mãe iria gostar de me ver ali e eu perguntei se era por causa do pó. Ela de início não entendeu, mas escutou minha explicação e então preferiu me responder que sim, que sua mãe também não gostava que ela convidasse amigos porque achava que a casa estava sempre suja. Perguntei, então, sem pensar muito, por seu pai. Meu pai não vive conosco, disse. Estão separados, ele vive em outra cidade. Perguntei se ela sentia falta dele. Claro que sim, me disse. É meu pai.

Na minha sala de aula havia apenas um filho de pais separados, o que para mim era um estigma, a situação mais triste que eu podia imaginar. Talvez voltem a viver juntos algum dia, disse eu, para consolá-la. Pode ser, disse ela. Mas não tenho vontade de falar sobre isso. Quero que a gente fale de outra coisa.

Tirou as sandálias, foi à cozinha e voltou com uma travessa cheia de cachos de uva preta, verde e rosada, o que achei estranho, pois em casa nunca compravam uva de tantas variedades. Aproveitei para provar todas e, enquanto comparava os sabores, Claudia matizava o silêncio com perguntas de cortesia, muito gerais. Preciso te pedir uma coisa, disse por fim, mas vamos almoçar primeiro. Se quiser, te ajudo a preparar a comida, ofereci, embora nunca na vida tivesse cozinhado ou ajudado a cozinhar. Já estamos almoçando, disse Claudia, muito séria: estas uvas são o almoço.

Custava-lhe chegar ao ponto. De repente parecia falar com desenvoltura, com naturalidade, mas também havia em suas palavras um balbucio que tornava difícil entendê-la. Realmente queria ficar calada. Agora penso que maldizia ter que falar para que eu entendesse o que queria me pedir.

PRECISO QUE VOCÊ CUIDE DELE, DISSE DE REPENTE, ESQUECENDO toda estratégia.

De quem?

Do meu tio. Necessito que você cuide dele – tá, respondi de imediato, muito diligente, e num décimo de segundo imaginei que Raúl padecia de uma doença gravíssima, uma doença talvez mais grave que a solidão, e que eu devia ser uma espécie de enfermeiro. Me vi passeando pela vila, ajudando-o com a cadeira de rodas, elogiado por essa conduta solidária. Mas não era isso o que Claudia me pedia. Despejou a história de uma vez, encarando-me fixamente, e eu assenti rápido mas de modo inoportuno – assenti rápido demais, como que confiando em que mais tarde compreenderia de fato o que Claudia tinha me pedido.

O que por fim entendi foi que Claudia e sua mãe não podiam ou não deviam visitar Raúl, ao menos não com frequência. Era aí que eu entrava: tinha que vigiar Raúl – não cuidar dele, mas estar atento às suas atividades e anotar num caderno cada coisa que me parecesse suspeita. Nos reuniríamos todas as quintas-feiras, às cinco da tarde, no caprichoso ponto de encontro que ela havia decidido, a confeitaria do supermercado, para que eu entregasse a Claudia o informe e conversasse também sobre qualquer coisa, pois me interessa muito saber como você está, disse ela, e eu sorri com uma satisfação na qual também respiravam o medo e o desejo.

COMECEI LOGO A ESPIAR RAÚL. ERA UM TRABALHO FÁCIL E CHATO, ou talvez muito difícil, porque eu procurava às cegas. A partir de minhas conversas com Claudia eu esperava vagamente que aparecessem homens silenciosos de óculos escuros, chegando em automóveis estranhos, à meia-noite, mas nada disso acontecia na casa de Raúl. Sua rotina não havia mudado: saía e voltava em horas fixas, atendo-se aos horários comerciais, e cumprimentava com um rígido e amável gesto de cabeça que excluía toda possibilidade de diálogo. Eu não queria, em todo caso, falar com ele. Só esperava que fizesse alguma coisa anormal, alguma coisa que eu pudesse contar à sua sobrinha.

Eu chegava a tempo e até adiantado aos encontros com Claudia, mas ela sempre estava ali, diante da vitrine dos bolos. Era como se passasse o dia todo olhando aqueles bolos. Parecia temer que nos vissem juntos e por isso toda vez fingia que o encontro era casual. Caminhávamos pelo supermercado olhando os produtos com atenção, como se realmente estivéssemos fazendo compras, e saíamos apenas com dois iogurtes que abríamos ao fim de uma rota ziguezagueante que começava na praça e seguia por ruas secundárias até o Templo de Maipú. Só quando nos sentávamos na grande escadaria do templo ela se sentia segura. Os poucos fiéis que apareciam àquela hora passavam com a cabeça baixa, como que se antecipando às rezas ou às confissões.

Mais de uma vez eu quis saber por que tínhamos que nos esconder e Claudia se limitava a dizer que devíamos ser cuidadosos, que as coisas poderiam dar errado. Claro que eu não sabia o que era que podia dar errado, mas àquela altura já estava acostumado às respostas imprecisas.

Uma tarde, porém, levado por um impulso, eu lhe disse que sabia a verdade: que sabia que os problemas de Raúl estavam relacionados com o fato de ele ser democrata-cristão, e ela soltou uma gargalhada longuíssima, excessiva. Arrependeu-se em seguida. Chegou perto, pôs as mãos cerimoniosamente sobre meus ombros e até pensei que fosse me beijar, mas não era isso, óbvio – meu tio não é democrata-cristão, disse ela, com voz tranquila e lenta.

Então perguntei se ele era comunista e ela guardou um silêncio pesado. Não posso te dizer mais nada, respondeu por fim. Não tem importância. Você não precisa saber tudo para fazer bem o seu trabalho – decidiu, de repente, seguir por essa linha, e falou muito e com muita rapidez: disse que ela entenderia se eu não quisesse ajudá-la e que seria melhor que deixássemos de nos ver. Como supliquei que continuássemos, ela pediu que dali em diante eu me concentrasse simplesmente em observar Raúl.

PARA MIM UM COMUNISTA ERA ALGUÉM QUE LIA O JORNAL E RECEbia em silêncio a zombaria dos outros – pensava em meu avô, pai do meu pai, que sempre estava lendo o jornal. Uma vez lhe perguntei se o lia inteiro e o velho respondeu que sim, que o jornal era para ser lido inteiro.

Tinha também uma cena violenta na memória, um diálogo, num feriado nacional, na casa dos meus avós. Estavam eles e seus cinco filhos à mesa principal e eu com meus primos à chamada mesa dos pequenos, quando meu pai disse a meu avô, ao final de uma discussão, quase gritando, cale-se você, velho comunista, e de início todos ficaram quietos, mas pouco depois começaram a rir. Até a vovó e minha mãe, e até um dos meus primos, que com certeza não entendia a situação, também riram. Não só riam como repetiam, em franco tom de zombaria: velho comunista.

Achei que meu avô também riria; que era um daqueles momentos libertadores em que todo mundo se entregava às gargalhadas. Mas o velho se manteve muito sério, em silêncio. Não disse uma palavra. Tratavam-no mal e na época eu não sabia ao certo se ele merecia isso.

Anos mais tarde eu soube que ele não tinha sido um bom pai. Passou a vida perdendo no jogo todo o seu ordenado de operário e vivia do trabalho de sua mulher, que vendia verduras, lavava e costurava. Meu pai cresceu com a obrigação de ir buscá-lo nos cortiços, de perguntar por ele sabendo que, no melhor dos casos, o encontraria abraçado a uma garrafa.

VOLTAMOS ÀS AULAS E TINHAM TROCADO A PROFESSORA CHEFE, a senhorita Carmen, o que agradeci de todo coração. Tínhamos passado três anos com ela, e agora penso que não era má pessoa, mas me odiava. Me odiava por causa da palavra *agulha*, que para ela não existia. Para ela a palavra correta era *algulha*. Não sei muito bem por que, um dia me aproximei com o dicionário e demonstrei que ela estava equivocada. Me encarou com pânico, engoliu saliva e assentiu, mas a partir de então deixou de gostar de mim, e eu dela. Não deveríamos odiar a pessoa que nos ensinou, bem ou mal, a ler. Mas eu a odiava, ou melhor, odiava o fato de ela me odiar.

O professor Morales, em compensação, gostou de mim desde o começo, e eu confiava nele o bastante para perguntar numa manhã, enquanto caminhávamos até o ginásio para a aula de educação física, se era muito grave ser comunista.

Por que você está me perguntando isso, disse ele. Acha que eu sou comunista?

Não, respondi. Tenho certeza de que o senhor não é comunista.

E você é comunista?

Eu sou um menino, disse eu.

Mas se teu pai fosse comunista talvez você também fosse.

Não acho, porque meu avô é comunista e meu pai não.

E o que é o teu pai?

Meu pai não é nada, respondi com firmeza.

Não é bom que você fale sobre essas coisas, ele disse depois de me fitar por um tempo. Só o que posso te dizer é que vivemos num momento em que não é bom falar sobre essas coisas. Mas algum dia poderemos falar disso e de tudo.

Quando a ditadura terminar, disse eu, como que completando uma frase num controle de leitura.

Olhou para mim rindo, fez um afago no meu cabelo. Começamos com dez voltas na quadra, ele disse num grito, e me pus a trotar bem devagar enquanto pensava confusamente em Raúl.

COMO TÍNHAMOS QUE RECUPERAR OS DIAS PERDIDOS PELO TERremoto, a jornada de aulas era longuíssima. Eu voltava para casa só meia hora antes de Raúl, razão pela qual a espionagem se tornava perigosamente inútil. Decidi que devia entrar, que devia me aventurar com mais decisão, fazer melhor o meu trabalho.

Uma noite passei pela mureta e caí sobre as alfenas. Foi um tombo terrível. Raúl saiu em seguida, muito assustado. Ao me ver ali me ajudou e me disse que eu não devia fazer aquilo, mas que entendia, que era culpa sua. Permaneci firme, sem saber do que ele estava falando, mas logo voltou com uma bola de tênis. Se eu soubesse que era tua, teria jogado no teu jardim da frente, me disse, e agradeci.

Pouco tempo depois escutei, com nitidez, que Raúl conversava com outro homem. As vozes soavam próximas, deviam estar no cômodo contíguo ao meu quarto. Nunca havia ruídos naquele cômodo, embora eu costumasse, por pura rotina, colar a orelha a um copo e ficar à escuta. Não consegui entender o que falavam. Só notei que falavam pouco. Não era uma conversa fluente. Era o tipo de conversa que se dá entre gente que se conhece muito ou muito pouco. Gente que está acostumada a conviver ou que não se conhece.

Na manhã seguinte me levantei às cinco e meia e esperei com paciência até comprovar que o visitante continuava lá. O Fiat 500 de Raúl arrancou na hora de sempre. Trepei temerariamente na janela para comprovar que ele ia sozinho. Fingi uma dor de estômago e me deixaram ficar em casa. Escutei o silêncio por umas duas horas até que percebi os encanamentos. O homem devia estar no chuveiro. Decidi me arriscar. Me vesti, joguei a bola na casa de Raúl e toquei a campainha várias vezes, mas o homem não saiu. Fiquei esperando, já sem chamar. Vi quando ele saía, se embrenhava pela Odín, de modo que corri pela Aladino para dar a volta e encontrá-lo de frente. Eu o detive e disse que estava perdido, que por favor me ajudasse a voltar para casa.

O homem me olhou contendo o aborrecimento, mas me acompanhou. Quando chegamos, não fez alusão ao fato de ter passado a noite na casa de Raúl. Agradeci e não tive mais escolha: perguntei se ele conhecia Raúl e ele me respondeu que era seu primo, que morava em Puerto Montt, que havia se hospedado ali porque tinha que fazer uns trâmites em Santiago. Sou o vizinho do Raúl, eu disse. Até logo, vizinho do Raúl, me disse o homem, e partiu muito depressa, quase correndo.

É POSSÍVEL, DISSE CLAUDIA, PARA MINHA SURPRESA, QUANDO lhe contei sobre a presença daquele estranho. Era possível que Raúl tivesse um primo em Puerto Montt? Nesse caso, esse primo não seria parente de Claudia?

É uma família muito grande a nossa, disse Claudia, e há muitos tios no sul que eu não conheço. Mudou de assunto tranquilamente.

Passaram outros cinco homens nos meses seguintes pela casa de Raúl e em todas as vezes Claudia se mostrou impassível diante da notícia. Mas sua reação foi muito distinta quando contei que ele havia hospedado ali uma mulher, e não por uma noite, como era habitual, mas sim por duas noites seguidas. Talvez também venha do sul, eu disse. Pode ser, respondeu, mas era evidente que estava surpresa, e até aborrecida.

Pode ser uma paquera. Talvez Raúl já não esteja sozinho, disse eu.

Sim, respondeu, depois de um instante. Raúl é solteiro, pode perfeitamente ter uma paquera.

De todo modo, me pediu, quero que você investigue tudo o que puder sobre essa possível paquera.

Me deu a impressão de que se esforçava para não chorar. Fiquei olhando-a de perto, até que ela se pôs de pé. Vamos entrar no Templo, disse. Molhou os dedos na pia de água benta para refrescar o rosto. Ficamos de pé junto a uns enormes candelabros dos quais caía o espermacete das velas novas ou daquelas já a ponto de se consumir que as pessoas levavam para pedir milagres. Claudia pôs as mãos em cima das chamas, como se fizesse frio, untou as pontas dos dedos na cera e fez gestos divertidos para persignar-se com os dedos manchados. Não sabia persignar-se. Eu lhe ensinei.

Sentamos no primeiro banco. Eu olhava com obediência em direção ao altar, enquanto Claudia se detinha nos lados e reconhecia uma a uma as bandeiras que flanqueavam a Virgen del Carmen. Perguntou se eu sabia por que aquelas bandeiras estavam ali. São as bandeiras da América, respondi. Sim, mas por que estão aqui? Não sei, respondi.

Tomou minha mão e me disse que a bandeira mais linda era a da Argentina. Qual é a mais linda para você, perguntou, e eu ia dizer a dos Estados Unidos, mas por sorte fiquei quieto, pois em seguida ela disse que a bandeira dos Estados Unidos era a mais feia, uma bandeira verdadeiramente horrível, e eu acrescentei que estava de acordo, que a bandeira dos Estados Unidos era mesmo asquerosa.

DURANTE SEMANAS ESPEREI, SEM SORTE, QUE A MULHER VOLtasse. Apareceu, por fim, numa manhã de sábado. Era uma menina, na verdade. Calculei que tivesse mais ou menos dezoito anos. Era difícil que fosse namorada de Raúl.

Passei horas tentando escutar o que ela e Raúl conversavam, mas trocavam apenas algumas frases que não consegui distinguir. Pensei que ficaria para pernoitar, mas ela partiu na mesma tarde. Eu a segui, absurdamente camuflado com um boné vermelho. A mulher caminhava a passo rápido em direção à parada de ônibus, e uma vez ali, a seu lado, eu quis falar com ela, mas a voz não me saiu.

O micro-ônibus parou e tive que decidir, em questão de segundos, se eu também subiria. Àquela altura eu já viajava sozinho de micro-ônibus, mas só o trajeto curto, de dez minutos, até o colégio. Subi e viajei durante um tempo longuíssimo, uma hora e meia de percurso temerário, grudado no assento imediatamente atrás do dela.

Nunca tinha ido tão longe de casa e a impressão poderosa que a cidade me produziu é de alguma forma a que de vez em quando ressurge: um espaço sem forma, aberto mas também enclausurado, com praças imprecisas e quase sempre vazias, com pessoas caminhando por calçadas estreitas, concentradas no chão com uma espécie de mudo fervor, como se só pudessem se deslocar à custa de um esforçado anonimato.

A noite caía sobre aquele pescoço proibido que eu olhava cada vez mais concentrado, como se fixar a vista me liberasse da fuga; como se olhar intensamente me protegesse. Àquela altura o micro-ônibus começava a se encher e uma senhora me encarou com a intenção de que eu lhe cedesse o assento, mas eu não podia me arriscar a perder meu lugar. Decidi fingir os gestos de um menino com retardamento mental, ou o que eu achava que eram os gestos de um menino com retardamento mental, um menino que olhava abobado para a frente, completamente absorto num mundo imaginário.

A suposta namorada de Raúl desceu de repente e eu quase fiquei dentro do ônibus. Cheguei à porta com dificuldade e à força de cotoveladas. Ela me esperou e me ajudou a descer. Eu continuava a me mover como um menino retardado, embora ela soubesse muito bem que eu não era um menino retardado e sim o vizinho de Raúl, que a seguira, que parecia decidido a segui-la a tarde toda. Ainda assim, em seu olhar não havia reprovação, e sim uma absoluta serenidade.

Me aventurei, com inútil prudência, por um labirinto de ruas que me pareciam grandes e antigas. De vez em quando ela se virava, me sorria e apertava o passo, como se se tratasse de um jogo e não de um assunto muito sério. De repente passou a andar rápido e em seguida se lançou, sem mais nem menos, a correr, e estive a ponto de perdê-la, mas vi, à distância, que entrava numa espécie de armazém. Subi numa árvore e esperei durante vários minutos que ela por fim saísse e acreditasse que eu tinha ido embora. Caminhou então apenas meia quadra até uma casa que devia ser a sua. Esperei que entrasse e me aproximei. A grade era verde e a fachada, azul, e isso me chamou a atenção, pois nunca antes tinha visto essa combinação de cores. Anotei o endereço em meu caderno, contente de ter chegado num dado tão preciso.

Foi bem difícil retornar à rua onde devia tomar o micro-ônibus de volta. Mas me lembrava claramente do nome: Tobalaba. Voltei para casa à uma da madrugada e o medo nem sequer me permitiu esboçar uma explicação convincente. Meus pais tinham ido à polícia e o acontecimento tinha se espalhado entre os vizinhos. No fim, eu disse que tinha adormecido numa praça e que acabara de acordar. Acreditaram em mim e até tive que ir depois a um médico para que examinasse meus problemas de sono.

Encorajado por minhas descobertas, acudi ao encontro da quinta-feira com o firme propósito de contar a Claudia tudo o que sabia sobre a suposta namorada de Raúl.

MAS AS COISAS SE PASSARAM DE OUTRO MODO. CLAUDIA CHEGOU ao encontro atrasada e acompanhada. Com um gesto amável, me apresentou a Esteban, um sujeito de cabelo comprido e louro. Disse que eu podia confiar nele, que estava inteirado de tudo. Fiquei surpreso, muito incomodado, sem me atrever a perguntar se era seu namorado ou primo ou o quê. Tinha seguramente dezessete ou dezoito anos: pouco mais que Claudia, muito mais que eu.

Esteban comprou três pães e um quarto de mortadela no supermercado. Não fomos ao Templo. Ficamos na praça comendo. O sujeito falava pouco, mas naquela tarde falei ainda menos. Não contei a Claudia o que tinha averiguado, talvez por vingança, pois não estava preparado para o que acontecia ali, não era capaz de entender por que alguém podia se inteirar do que eu fazia com Claudia, por que era lícito que ela compartilhasse o segredo.

Me portei como o menino que era e faltei aos encontros seguintes. Pensei que era isto o que deveria fazer: esquecer Claudia. Mas ao cabo de algumas semanas, surpreendentemente, recebi uma carta dela. Chamava-me com urgência, pedia que fosse vê-la a qualquer hora, dizia que não importava se sua mãe estivesse em casa.

Eram quase nove da noite. Magali abriu a porta e perguntou meu nome, mas era evidente que já o sabia. Claudia me cumprimentou com efusão e disse à mãe que eu era o vizinho de Raúl e ela fez gestos exagerados de alegria. Como você cresceu, ela me disse, não te reconheci. Com certeza fingiam os diálogos de uma apresentação e as perguntas que a mulher me dirigia eram totalmente estudadas. Meio aturdido pela situação, perguntei se ela ainda era professora de inglês, e ela respondeu que sim, sorrindo, que não era fácil deixar de ser, da noite para o dia, professora de inglês.

Pedi a Claudia que me contasse o que havia acontecido: de que maneira as coisas tinham mudado para que agora minha presença fosse natural. É que as coisas estão mudando pouco a pouco, disse ela: muito lentamente as coisas estão mudando. Já não é necessário que você espione Raúl, pode vir me ver quando quiser, mas não é mais necessário que faça nenhum informe, insistiu, e não tive outro remédio senão ir embora remoendo um profundo desconcerto.

FUI MAIS UMA OU DUAS VEZES, MAS VOLTEI A TOPAR COM ESTEBAN. Nunca soube se era ou não o namorado de Claudia, mas de todas as maneiras eu o detestava. E então deixei de ir e os dias passaram como uma rajada de vento. Por meses ou talvez por um ano me esqueci de Claudia. Até que uma manhã vi Raúl carregando uma caminhonete branca com dezenas de caixas.

Foi tudo muito rápido. Me aproximei, perguntei para onde ele ia, e ele não me respondeu: me olhou com um gesto neutro e evasivo. Fui correndo à casa de Claudia. Queria avisá-la e enquanto corria descobri que também queria que ela me perdoasse. Mas Claudia já não estava. Foram embora faz uns dias, disse a vizinha. Não sei para onde, como vou saber?, disse. Para outra vila, suponho.

2.

A LITERATURA DOS PAIS

POUCO A POUCO AVANÇO NO ROMANCE. PASSO O TEMPO PENsando em Claudia como se ela existisse, como se ela tivesse existido. No começo eu duvidava até do seu nome. Mas é o nome de noventa por cento das mulheres da minha geração. Faz todo sentido que se chame assim. Além do mais, tem um som agradável. Claudia.

Gosto muito que meus personagens não tenham sobrenomes. É um alívio.

▪ ▪ ▪

Um dia desses essa casa não vai mais me receber. Queria habitá-la de novo, ordenar os livros, mudar os móveis de lugar, arrumar um pouco o jardim. Nada disso foi possível. Mas me ajudam, agora, vários dedos de mescal.

À tarde falei, pela segunda vez em muito tempo, com Eme. Perguntamos pelos amigos em comum e, em seguida, mais de um ano depois da separação, falamos dos livros que ela levou e dos que esqueceu sem querer. Achei doloroso repassar, de maneira tão civilizada, a lista de perdas, mas no final até me animei a pedir de volta os livros de Hebe Uhart e de Josefina Vicens de que tanto sinto falta. Eu os li, contou. Por um segundo pensei que ela mentia, apesar de nunca ter mentido sobre essas coisas, nunca mentiu sobre nada, na verdade. Nosso problema foi justamente esse, que não mentíamos. Fracassamos pelo desejo de ser honestos sempre.

Depois me contou sobre a casa em que mora – um casarão, na realidade, a umas vinte quadras daqui, que divide com duas amigas. Você não as conhece, me disse, e na verdade não são amigas íntimas, mas fazemos um bom grupo: mulheres de trinta falando alegremente sobre suas frustrações. Eu lhe disse que podia ir vê-la e levar os livros de que precisava. Respondeu que não. Prefiro ir eu, um dia desses, depois do Natal. Assim você me serve um chá e conversamos, disse.

Desde que nos separamos, acrescentou de repente, forçando ou buscando um tom natural – desde que nos separamos fui para a cama com dois homens. Eu não estive com nenhum, respondi, fazendo graça. Então você não mudou muito, disse ela, rindo. Mas estive com duas mulheres, disse eu. A verdade é que foi só uma. Menti, talvez para empatar. E no entanto não pude levar o jogo adiante. Só a ideia de te imaginar com alguém é insuportável, disse eu, e foi complicado, depois, preencher aquele silêncio.

Eu me lembro de quando ela se foi. Supõe-se que seja o homem a deixar a casa. Enquanto ela chorava e empacotava suas coisas, a única coisa que me ocorreu dizer foi esta frase absurda: Supõe-se que seja o homem a deixar a casa. De alguma maneira sinto, ainda, que este espaço é dela. Por isso para mim é tão difícil viver aqui.

Voltar a falar com ela foi bom e talvez necessário. Contei sobre o novo romance. Disse que no começo avançava a passo firme, mas que aos poucos tinha perdido o ritmo ou a precisão. Por que não o escreve de uma vez?, me aconselhou, como se não me conhecesse, como se não tivesse estado comigo ao longo de tantas noites de escrita. Não sei, respondi. E na verdade não sei mesmo.

O que acontece, Eme, penso agora, um pouquinho bêbado, é que espero uma voz. Uma voz que não é a minha. Uma voz antiga, romanesca, firme.

Ou então é que eu gosto de estar no livro. É que eu prefiro escrever a já ter escrito. Prefiro permanecer, habitar esse tempo, conviver com esses anos, perseguir longamente imagens esquivas e examiná-las com cuidado. Vê-las mal, mas vê-las. Ficar ali, olhando.

■ ■ ■

Como era de esperar, passei o dia todo pensando em Eme. Graças a ela encontrei a história para este romance. Deve ter sido há cinco anos, morávamos havia pouco nesta casa. Falávamos, ainda na cama, ao meio-dia, sobre anedotas de infância, como fazem os amantes que querem saber tudo, que buscam minuciosamente na memória histórias antigas para poder permutá-las, para que o outro também procure: para encontrar-se na ilusão de domínio, de entrega.

Tinha ela sete ou oito anos, estava no pátio com outras meninas, brincando de esconde-esconde. Estava ficando tarde, já era hora de entrar em casa, os adultos as chamavam, as meninas respondiam que já iam – a brincadeira se alongava, os chamados eram cada vez mais enérgicos, mas elas riam e continuavam brincando.

De repente se deram conta de que fazia um tempo que tinham parado de chamá-las e que já era noite fechada. Acharam que as estavam observando, que queriam lhes dar uma lição, que agora eram os adultos que brincavam de se esconder. Mas não. Ao entrar na casa, Eme viu que os amigos de seu pai choravam e que sua mãe, afundada na poltrona, olhava para um lugar indefinido. Escutavam as notícias no rádio. Falavam de uma operação policial-militar. Falavam de mortos e mais mortos.

Muitas vezes aconteceu isso, me disse Eme aquela vez, há cinco anos. Nós, crianças, entendíamos subitamente que não éramos tão importantes. Que havia coisas insondáveis que não podíamos saber nem compreender.

O romance era o romance dos pais, pensei então, penso agora. Crescemos acreditando nisso, que o romance era dos pais. Maldizendo-nos e também nos refugiando, aliviados, nessa penumbra. Enquanto os adultos matavam ou eram mortos, nós fazíamos desenhos num canto. Enquanto o país se fazia em pedaços, nós aprendíamos a falar, a andar, a dobrar os guardanapos em forma de barcos, de aviões. Enquanto o romance acontecia, nós brincávamos de esconder, de desaparecer.

▪ ▪ ▪

Em vez de escrever, passei a manhã tomando cerveja e lendo *Madame Bovary*. Agora penso que o melhor que fiz nestes anos foi beber muitíssima cerveja e reler alguns livros com devoção, com estranha fidelidade, como se neles pulsasse algo próprio, uma pista sobre o destino. De resto, ler morosamente, ficar deitado na cama por longas horas sem solucionar nunca a ardência nos olhos, é a desculpa perfeita para esperar a chegada da noite. E é isso o que espero, nada mais: que a noite chegue logo.

Ainda me lembro da tarde em que a professora se voltou para o quadro negro e escreveu as palavras *prova*, *próxima*, *sexta-feira*, *Madame*, *Bovary*, *Gustave*, *Flaubert*, *francês*. A cada letra crescia o silêncio e no final só se ouvia o triste chiado do giz.

Àquela altura já tínhamos lido romances longos, quase tão longos quanto *Madame Bovary*, mas daquela vez o prazo era impossível: tínhamos menos de uma semana para enfrentar quatrocentas páginas. Começávamos a nos acostumar a essas surpresas, porém: acabávamos de entrar no Instituto Nacional, tínhamos onze ou doze anos, e já sabíamos que dali em diante todos os livros seriam longos.

Tenho certeza de que aqueles professores não queriam nos entusiasmar, e sim nos desiludir, nos afastar para sempre dos livros. Não gastavam saliva falando sobre o prazer da leitura, talvez porque eles tivessem perdido esse prazer, ou nunca o tivessem sentido realmente. Supõe-se que eram bons professores, mas na época ser bom era pouco mais do que conhecer os manuais.

Naquele tempo já conhecíamos os truques, transmitidos de geração em geração. Ensinavam-nos a ser malandros e aprendíamos rápido. Em todas as provas havia um item de identificação de personagens, que incluía meros personagens secundários: quanto menos relevante fosse, maior a possibilidade de que nos perguntassem por ele, de modo que memorizávamos os nomes com resignação e também com a alegria de cultivar uma pontuação segura. Era importante saber que o jovem coxo de recados se chamava Hippolyte e a criada, Félicité, e que o nome da filha de Emma era Berthe Bovary.

Havia certa beleza no gesto, pois éramos então justamente isso, personagens secundários, centenas de meninos que cruzavam a cidade mal equilibrando as bolsas de lona. Os moradores do bairro experimentavam o peso e faziam sempre a mesma piada: parece que você leva pedras na mochila. O centro de Santiago nos recebia com bombas de gás lacrimogêneo, mas não levávamos pedras e sim tijolos de Baldor ou Ville ou Flaubert.

Madame Bovary era um dos poucos romances que havia em casa, de modo que comecei a lê-lo naquela mesma noite, mas não tive paciência com as descrições. A prosa de Flaubert simplesmente me fazia cabecear de sono. Tive que aplicar o método de urgência que meu pai tinha me ensinado: ler as primeiras páginas e em seguida as últimas, e só então, só depois de saber o começo e o final do romance, seguir lendo depressa. Se você não consegue terminar, pelo menos sabe quem era o assassino, dizia meu pai, que ao que parece só tinha lido livros em que havia um assassino.

Então a primeira coisa que eu soube de *Madame Bovary* foi que o menino tímido e alto do capítulo inicial morreria por fim e que sua filha terminaria como operária numa fábrica de algodão. Sobre o suicídio de Emma eu já sabia, pois alguns pais alegaram que o tema do suicídio era forte demais para meninos de doze anos, ao que a professora respondeu que não, que o suicídio de uma mulher acossada pelas dívidas era um tema muito atual, perfeitamente compreensível por meninos de doze anos.

Não avancei muito mais na leitura. Estudei um pouco com os resumos que meu colega de carteira tinha feito e no dia anterior à prova encontrei uma cópia do filme no videoclube de Maipú. Minha mãe tentou se opor a que eu o visse, pois achava que não era adequado para minha idade, e eu também pensava, ou melhor, esperava isso, porque *Madame Bovary* me soava como pornô, tudo o que era francês me soava como pornô.

O filme era, nesse sentido, decepcionante, mas o vi duas vezes e enchi duas folhas de papel ofício, frente e verso. Mesmo assim, tirei 3,6, de maneira que durante algum tempo associei *Madame Bovary* a esse 3,6 e ao nome do diretor do filme, que a professora escreveu com ponto de exclamação junto à nota ruim: *Vincente Minnelli!*

Agora procuro Berthe no romance. Recordava apenas o momento, no capítulo cinco da segunda parte, em que Emma olha Berthe e pensa, perplexa: "Como essa criança é feia". E a terrível morte de Charles, quando Berthe pensa que seu pai está brincando: "Achando que ele queria brincar, ela o empurrou suavemente. Ele caiu no chão. Estava morto".

Gosto de imaginar Berthe vagando pelo pátio enquanto sua mãe está na cama, convalescente – Emma escuta, de seu quarto, o ruído de uma carruagem e se aproxima com esforço da janela para olhar a rua já deserta.

Gosto de pensar em Berthe aprendendo a ler. Primeiro é Emma que tenta ensiná-la. Depois de sua grande desilusão, decidiu voltar à vida e converter-se numa mulher entregue a ocupações piedosas. Berthe é ainda muito pequena e decerto não entende as lições. Mas durante aqueles dias ou semanas ou meses, sua mãe tem toda a paciência do mundo: ensina sua filha a ler, remenda roupa para os pobres e até consulta obras religiosas.

Um tempo depois, Charles leva Berthe para dar um passeio e tenta ensiná-la a ler com um livro de medicina. Mas a menina não tem o hábito do estudo, razão pela qual se entristece e põe-se a chorar.

Há uma passagem em que Charles pensa no futuro de Berthe e sem dúvida se equivoca muito ao imaginá-la aos quinze anos, passeando no verão com um grande chapéu de palha, tão bela como sua mãe. Vistas de longe pareceriam irmãs, pensa Charles, satisfeito.

▪ ▪ ▪

Eme veio, por fim. Como presente de Natal, me deu um pote de ímãs com centenas de palavras em inglês. Armamos juntos a primeira frase, que foi, de alguma maneira, oportuna:

only love & noise

Ela me mostrou seus desenhos recentes e no entanto não aceitou que eu lesse para ela as primeiras páginas do meu livro. Me olhou com um gesto novo, um gesto que não sou capaz de precisar.

É impressionante como o rosto de uma pessoa amada – o rosto de alguém com quem já vivemos, a quem julgamos conhecer, talvez o único rosto que seríamos capazes de descrever, que contemplamos durante anos, desde uma distância mínima – é bonito, e de certo modo, é terrível saber que até esse rosto pode liberar de repente, inesperadamente, gestos novos. Gestos que talvez nunca voltemos a ver.

■ ■ ■

Na época não sabíamos os nomes das árvores ou dos pássaros. Não era necessário. Vivíamos com poucas palavras e era possível responder a todas as perguntas dizendo: não sei. Não achávamos que isso fosse ignorância. Chamávamos de honestidade. Depois aprendemos, pouco a pouco, os matizes. Os nomes das árvores, dos pássaros, dos rios. E decidimos que qualquer frase era melhor que o silêncio.

Mas sou contra a nostalgia.

Não, não é verdade. Eu gostaria de ser contra a nostalgia. Para onde quer que eu olhe há alguém renovando votos com o passado. Recordamos canções que na verdade nunca nos agradaram, voltamos a ver as primeiras namoradas, colegas de curso por quem não tínhamos simpatia, saudamos de braços abertos gente que repudiávamos.

Me assombra a facilidade com que esquecemos o que sentíamos, o que queríamos. A rapidez com que assumimos que agora desejamos ou sentimos algo diferente. E ao mesmo tempo queremos rir das mesmas piadas. Queremos, julgamos ser de novo os meninos abençoados pela penumbra.

Estou nessa armadilha, no romance. Ontem escrevi a cena do reencontro, quase vinte anos depois. Gostei do resultado, mas às vezes penso que os personagens não deveriam voltar a se ver. Que deveriam passar ao largo muitas vezes, caminhar pelas mesmas ruas, talvez falar um com o outro sem se reconhecer, de um lado a outro do balcão.

Reconhecemos de verdade alguém vinte anos depois? Reconhecemos agora, a partir de um indício luminoso, os traços definitivos, irremediavelmente adultos, de uma cara remota? Passei a tarde pensando nisso, decidindo sobre isso.

Acho bonito que não se encontrem. Seguir simplesmente suas vidas, tão distintas, até o presente, e aproximá-las aos poucos: dois trajetos paralelos que não chegam a se juntar. Mas esse romance devia ser escrito por outra pessoa. Eu gostaria de lê-lo. Porque no romance que quero escrever eles se encontram. Necessito que se encontrem.

▪ ▪ ▪

Eles se apaixonam? É uma história de amor?

Eme pergunta e eu apenas sorrio. Chegou no meio da tarde, tomamos várias xícaras de chá e escutamos um disco inteiro dos Kinks. Pedi que me deixasse ler em voz alta algumas páginas do manuscrito e de novo ela não quis. Prefiro lê-las mais tarde, disse ela. Estou escrevendo sobre você, a protagonista tem muito de você, disse eu, temerariamente. Mais um motivo, respondeu, sorrindo: prefiro lê-las mais tarde. Mas fico muitíssimo contente que você tenha voltado a escrever, acrescentou. Gosto do que te acontece quando escreve. Escrever te faz bem, te protege.

Me protege de quê?

As palavras te protegem. Você procura frases, procura palavras, isso é superbom, disse ela.

Depois me pediu mais detalhes sobre a história. Contei-lhe muito pouco, o mínimo. Ao falar sobre Claudia voltei a duvidar de seu nome.

Ela me perguntou depois, meio de brincadeira, se os personagens ficam juntos por toda a vida. Não pude evitar um sinal de aborrecimento. Respondi que não: que voltam a se ver já adultos e se enredam por umas semanas, talvez alguns meses, mas que de nenhuma maneira ficam juntos. Disse que não poderia ser assim, que nunca é assim – nunca é assim nos romances bons, mas nos ruins tudo é possível, disse Eme, prendendo o cabelo com nervosismo e afetação.

Fitei seus lábios partidos, suas bochechas, seus cílios curtos. Parecia imersa num pensamento profundo. Depois foi embora. Não queria que ela fosse ainda. Mas foi. Levou a sério a precaução. Estou de acordo. Também acho que não é bom que voltemos a morar juntos, por ora. Que precisamos de tempo.

Tentei depois continuar escrevendo. Não sei muito bem por onde avançar. Não quero falar de inocência nem de culpa: não quero mais do que iluminar alguns recantos, os recantos onde estávamos. Mas não estou seguro de fazer isso bem. Sinto-me próximo demais daquilo que conto. Abusei de algumas lembranças, saqueei a memória, e também, de certo modo, inventei demais. Estou de novo em branco, como uma caricatura do escritor que contempla impotente a tela do computador.

Eu não disse a Eme o muito que me custa escrever sem ela. Me lembro da sua cara de sono, quando me aproximava dela tarde da noite para ler apenas um parágrafo ou uma frase. Ela escutava e assentia, ou então opinava, com precisão: isto não seria assim, este personagem não responderia com estas palavras. Esse tipo de observação valiosa, essencial.

Agora vou escrever com ela de novo, penso. E sinto felicidade.

■ ■ ■

Caminhei ontem à noite durante horas. Era como se quisesse me perder por alguma rua nova. Me perder absoluta e alegremente. Mas há momentos em que não podemos, não sabemos nos perder. Ainda que tomemos sempre as direções erradas. Ainda que percamos todos os pontos de referência. Ainda que se faça tarde e sintamos o peso do amanhecer enquanto avançamos. Há temporadas em que, por mais que tentemos, descobrimos que não sabemos, que não podemos nos perder. E talvez tenhamos saudade do tempo em que podíamos nos perder. O tempo em que todas as ruas eram novas.

Passo vários dias recordando a paisagem de Maipú, comparando a imagem daquele mundo de casas geminadas, tijolos vazados e piso laminado, com estas velhas ruas onde moro há anos, estas casas tão diversas umas das outras – o tijolinho à vista, o parquê, a aparência destas ruas nobres que não me pertencem e que no entanto percorro com familiaridade. Ruas com nomes de pessoas, de lugares reais, de batalhas perdidas e vencidas, e não aquelas travessas de fantasia, aquele mundo de mentira em que crescemos rapidamente.

■ ■ ■

Esta manhã vi, num banco do Parque Intercomunal, uma mulher lendo. Sentei defronte para ver sua cara e foi impossível. O livro absorvia o seu olhar e por instantes achei que ela sabia. Que erguer o livro daquela maneira – à estrita altura dos olhos, com ambas as mãos, com os cotovelos apoiados numa mesa imaginária – era sua forma de se esconder.

Vi sua testa branca e o cabelo quase louro, mas nunca seus olhos. O livro era seu disfarce, sua prezada máscara.

Seus dedos longos sustentavam o livro como ramos delgados e vigorosos. Me aproximei por um momento o bastante para ver até mesmo suas unhas cortadas sem rigor, como se ela tivesse acabado de roê-las.

Tenho certeza de que sentia minha presença, mas não baixou o livro. Seguiu sustentando-o como quem sustenta o olhar.

Ler é cobrir a cara, pensei.

Ler é cobrir a cara. E escrever é mostrá-la.

▪ ▪ ▪

Hoje vi *La batalla de Chile*, o documentário de Patricio Guzmán. Eu só conhecia uns fragmentos, sobretudo da segunda parte, que passaram uma vez, no colégio, já na democracia. Me lembro que o presidente do Grêmio estudantil comentava as cenas e a cada certo tempo parava a fita para nos dizer que ver aquelas imagens era mais importante que aprender a tabuada.

Entendíamos, claro, o que o dirigente queria nos dizer, mas de todo modo nos parecia estranho o exemplo, pois se estávamos naquele colégio era justamente porque já fazia muitos anos que sabíamos a tabuada. Da última fileira do auditório alguém interrompeu para perguntar se ver aquelas imagens era mais importante que aprender a dividir com decimais, e em seguida alguém perguntou se em vez de memorizar a tabela periódica podíamos assistir muitas vezes àquelas imagens tão importantes. Ninguém riu, porém. O dirigente não quis responder, mas nos olhou com uma mistura de tristeza e ironia. Então interveio um delegado estudantil e disse: há coisas sobre as quais não se pode fazer piada. Se entendem isso, podem continuar na sala.

Eu não me lembrava ou não tinha visto a longa sequência de *La batalla de Chile* que se passa nos campos de Maipú. Operários e camponeses defendem as terras e discutem rispidamente com um representante do governo de Salvador Allende. Pensei que aquelas podiam muito bem ser as terras da travessa Aladino. As terras em que depois apareceram aquelas vilas com nomes de fantasia onde vivemos nós, as famílias novas, sem história, do Chile de Pinochet.

▪ ▪ ▪

O colégio mudou muito quando a democracia voltou. Na época eu acabava de fazer treze anos e começava tardiamente a conhecer meus companheiros: filhos de gente assassinada, torturada e desaparecida. Filhos de homicidas também. Meninos ricos, pobres, bons, maus. Ricos bons, ricos maus, pobres bons, pobres maus. É absurdo descrever as coisas assim, mas me lembro de ter pensado mais ou menos dessa maneira. Lembro de ter pensado, sem orgulho e sem autocompaixão, que eu não era nem rico nem pobre, que não era bom nem mau. Mas era difícil ser isso: nem bom nem mau. Me parecia que isso, no fundo, era ser mau.

Lembro de um professor de história, um de quem eu não gostava nem um pouco, no terceiro ano do segundo grau, aos dezesseis anos. Certa manhã três ladrões que fugiam da polícia se refugiaram no estacionamento do colégio e os policiais os seguiram e dispararam dois tiros para o alto. Assustados, deitamos no chão, porém uma vez passado o perigo, ficamos surpresos ao ver que o professor chorava debaixo da mesa, com os olhos apertados e as mãos nos ouvidos. Fomos buscar água e tentamos fazer com que ele bebesse, mas no final tivemos que jogá-la na sua cara. Ele conseguiu se acalmar aos poucos enquanto lhe explicávamos que não, que os milicos não tinham voltado. Que podia continuar a aula – não quero estar aqui, nunca quis estar aqui, dizia o professor, gritando. Então se fez um silêncio completo, solidário. Um silêncio bonito e reparador.

Encontrei o professor dias depois, num recreio. Perguntei-lhe como estava, e ele agradeceu o gesto. Percebe-se que você sabe o que eu vivi, disse ele, em sinal de cumplicidade. Claro que sabia, todos sabíamos; tinha sido torturado e seu primo era desaparecido político. Não acredito nesta democracia, disse ele, o Chile é e continuará sendo um campo de batalha. Perguntou se eu militava, respondi que não. Perguntou por minha família, eu disse que durante a ditadura meus pais tinham se mantido à margem. O professor me encarou com curiosidade ou com desprezo – me encarou com curiosidade, mas senti que em seu olhar havia também desprezo.

■ ■ ■

Não escrevi nem li nada em Punta Arenas. Passei a semana inteira me defendendo do clima e conversando com novos amigos. No avião de volta acabei viajando junto a duas senhoras que me contaram em detalhes suas vidas. Tudo ia bem até que perguntaram em que eu trabalhava. Nunca sei o que responder. Antes dizia que era professor, o que geralmente me conduzia a longos e confusos diálogos sobre a crise da educação no Chile. Por isso agora digo que sou escritor, e quando me perguntam que tipo de livros escrevo, respondo, para evitar uma série de explicações vacilantes, que escrevo romances de ação, o que não é necessariamente mentira, pois em todos os romances, inclusive nos meus, acontecem coisas.

Em vez de me perguntar que tipo de livros eu escrevo, porém, a mulher que ia a meu lado quis saber qual era meu pseudônimo. Respondi que não tinha pseudônimo. Que já fazia muitos anos que os escritores não usavam pseudônimos. Me encarou com ceticismo e a partir de então seu interesse em mim foi decaindo. Ao nos despedirmos me disse que eu não me preocupasse, que talvez logo me ocorresse um bom pseudônimo.

■ ■ ■

Faz algum tempo o poeta Rodrigo Olavarría veio me ver. Nos conhecemos pouco, mas nos une uma espécie de confiança prévia e recíproca. Gosto que ele me dê conselhos. Agora que penso no assunto, houve um tempo em que todo mundo dava conselhos. A vida consistia em dar e receber conselhos. Mas de repente ninguém quis mais conselhos. Era tarde demais, tínhamos nos enamorado do fracasso, e as feridas eram troféus, igual a quando éramos crianças, depois de brincar entre as árvores. Mas Rodrigo dá conselhos. E os escuta, os pede. Está apaixonado pelo fracasso, mas também, ainda, por essas formas antigas e nobres da amizade.

Passamos a tarde escutando Bill Callahan e Emmy the Great. Foi divertido. Depois contei a ele o diálogo no avião. Ficamos de nos reunir um dia desses para escolher pseudônimos. Você vai ver que encontraremos pseudônimos excelentes, disse ele.

Rodrigo não se lembra exatamente quando viu *La batalla de Chile* pela primeira vez, mas conhece de cor o documentário, porque em meados dos anos oitenta, em Puerto Montt, seus pais comercializavam cópias piratas para financiar atividades do Partido Comunista. Aos oito ou nove anos, Rodrigo era o encarregado de trocar as fitas VHS e encher de cópias novas uma caixa de papelão. Eu passava a tarde inteira, disse, fazendo as tarefas escolares e ao mesmo tempo copiando o documentário, com quatro aparelhos de vídeo e dois televisores. As únicas pausas eram para ver Robotech no Canal 13.

▪ ▪ ▪

Muito resfriado, na cama há dias. Matizo a enfermidade com altas doses de televisão. As visitas de Eme me parecem sempre breves demais. Voltei a lhe pedir que escutasse as primeiras páginas do romance e ela voltou a responder que não. Sua desculpa foi pobre e realista: você está resfriado, disse. Faz pouco tempo insisti e ela voltou a se negar. É óbvio que não quer lê-las, talvez porque prefira não reatar esse lado da nossa relação.

Enfim. Faz um tempo vi *Bom dia*, o belíssimo filme de Ozu. Que alegria enorme saber que existe esse filme, que posso vê-lo muitas vezes, que posso vê-lo sempre.

▪ ▪ ▪

Pela manhã me entreguei à estúpida tarefa de esconder meus cigarros pelos cantos da casa. Eu os encontro, claro, mas fumo pouco, fumo menos, faço esforços para melhorar de uma vez. A doença, mesmo assim, está durando demais, e de quando em quando penso que peguei a gripe suína. Só está faltando a febre, se bem que acabo de ler na internet que alguns enfermos não apresentam febre entre os sintomas.

Ontem à noite, a sala de emergência da Clínica Indisa estava cheia de doentes reais e imaginários, mas espantosamente me atenderam de imediato. Havia uma explicação. Um médico jovem e de cabelo grisalho apareceu e me disse, apontando a etiqueta de identificação em seu jaleco: somos família. Na verdade é provável que sejamos parentes em algum grau. Comprei teus livros, disse ele, mas não os li – desculpou-se de uma maneira denegridora ou simplesmente cômica: não tenho tempo para ler nem sequer livros curtos como os que você escreve, disse. Mas um ano atrás falei de você a meus parentes em Careno. Perguntei ao doutor, para maravilhá-lo com minha ignorância, onde ficava Careno.

Fica na Itália, no norte da Itália, respondeu, escandalizado. Depois baixou os olhos, como que me perdoando. Perguntou o nome de meu pai, de meu avô, de meu bisavô. Respondi passivamente mas logo depois me cansei de tanta pergunta e lhe disse que aquela conversa não tinha sentido – sem dúvida minha família provém de algum filho bastardo, disse eu: somos filhos de algum patrão que não assumiu. Eu lhe disse que em minha família somos todos morenos – ele é muito branco e mais para o feio, com aquela brancura higiênica que em algumas pessoas me parece meio irreal. Resignado a não encontrar em mim sinais de boas origens, o doutor me contou que viaja todos os anos a Careno, onde há muitíssima gente com nosso sobrenome, pois historicamente a família foi bastante endogâmica. Há muitos casamentos entre irmãos e entre primos, razão pela qual a genética não é muito boa, afirmou.

Nós não temos esse problema, disse eu. No meu ramo da família respeitamos as primas.

Ele riu ou tentou rir. Tive vontade, não sei por que, de me desculpar. Mas antes que eu pudesse dizer a frase que tentava formular, o doutor me perguntou pelos sintomas. Agora tinha pressa. Dedicou apenas dois minutos à minha indisposição, negando redondamente, como que me repreendendo só por imaginar isso, que eu tivesse a gripe suína. Nem sequer me passou sermão pela quantidade de cigarros que fumo.

Voltei para casa um pouco humilhado, com os antigripais de sempre, pensando naquelas famílias, na distante Careno, em como seria meu rosto branco, descarado, ou no desejo distante, um dia, de estudar medicina. Imagino aquele mesmo doutor, mais velho que eu, na escola de Medicina respondendo com ênfase, com enfado: não, não somos parentes.

▪ ▪ ▪

Os pais abandonam os filhos. Os filhos abandonam os pais. Os pais protegem ou desprotegem, mas sempre desprotegem. Os filhos ficam ou partem, mas sempre partem. E tudo é injusto, sobretudo o rumor das frases, porque a linguagem nos agrada e nos confunde, porque no fundo queríamos cantar ou pelo menos assobiar uma melodia, caminhar por um lado do palco assobiando uma melodia. Queremos ser atores que esperam com paciência o momento de entrar no palco. E o público foi embora faz tempo.

▪ ▪ ▪

Hoje inventei esta piada:

Quando crescer vou ser um personagem secundário, diz um menino ao seu pai.

Por quê?

Por que o quê?

Por que você quer ser um personagem secundário?

Porque o romance é teu.

▪ ▪ ▪

Escrevo na casa de meus pais. Fazia tempo que eu não vinha. Prefiro vê-los no centro, na hora do almoço. Mas desta vez quis assistir com meu pai à partida entre Chile e Paraguai, pensando também em refrescar alguns detalhes do relato. É a viagem do romance, a viagem de volta que o protagonista faz, assustado, ao fim daquela longa tarde em que segue a suposta namorada de Raúl. Escrevi essa passagem pensando numa viagem real, mais ou menos naquela idade.

Uma tarde, depois de almoçar, eu ia sair quando meu pai me disse que não, que eu devia ficar em casa estudando inglês. Perguntei para quê, se tinha boas notas em inglês. Porque não é prudente que você saia tanto – usou essa palavra, prudente, lembro com precisão. E porque sou teu pai e você deve me obedecer, disse.

Achei aquilo brutal, mas estudei ou fingi que estudava. À noite, antes de dormir, ainda aborrecido, disse a meu pai que tinha raiva de ser criança e ter que pedir permissão para tudo, que seria melhor ser órfão. Disse isso só para chateá-lo, mas ele me olhou dissimuladamente e foi falar com minha mãe. Pelos gestos que ela fazia enquanto se aproximavam entendi que não estavam de acordo quanto à medida que iam me anunciar, mas que de todo modo eu teria que cumpri-la.

Antes de falarem comigo chamaram minha irmã para que presenciasse a cena. Meu pai se dirigiu a ela primeiro. Disse que tinham se equivocado. Que até então tinham acreditado que ela era a irmã mais velha, mas que acabaram de descobrir que não. Por isso vamos dar ao teu irmão as chaves da casa – você poderá sair e entrar a hora que quiser, a partir de hoje você manda em si mesmo, disse para mim, olhando nos meus olhos. Ninguém vai te perguntar aonde vai, nem se tem tarefas, nem nada.

E assim foi. Durante algumas semanas desfrutei desses privilégios. Me tratavam como a um adulto, com apenas alguns traços de ironia. Fui ficando desesperado. Disse a minha mãe que um dia eu iria para muito longe e ela me respondeu que não esquecesse de levar uma mala. Não levei uma mala, mas uma tarde simplesmente subi num micro-ônibus qualquer, disposto a chegar ao fim do itinerário, sem planos, muito angustiado.

Não cheguei ao final do trajeto, mas sim bem perto do bairro onde moro hoje. A viagem durou mais de uma hora e, ao voltar, me repreenderam duramente. Era o que eu queria. Estava feliz de recuperar meus pais. E também tinha descoberto um mundo novo. Um mundo do qual eu não gostava, mas que era novo.

Já não existe mais essa linha de micro-ônibus. Viajei de metrô e de ônibus e cheguei a Maipú via Pajaritos. Sempre me surpreende a quantidade de restaurantes chineses que há na avenida. Já faz tempo que Maipú é uma pequena grande cidade e as lojas que eu visitava quando criança agora são sucursais de bancos ou franquias de cadeias de *fast-food*.

Antes de chegar fiz um rodeio para passar pela Lucila Godoy Alcayaga. A rua estava fechada com um vistoso portão eletrônico, a exemplo da travessa Neftalí Reyes Basoalto. Não tive vontade de pedir às pessoas que circulavam para me deixar entrar. Queria ver a casa de Claudia, que na verdade foi, durante um tempo, a casa de minha amiga Carla Andreu. Me dirigi então para a Aladino. A vila se encheu de mansardas, de segundos pisos que reluzem de modo aberrante, de telhados ostentosos. Não é mais o sonho de igualdade. Ao contrário.

Há muitas casas maltratadas e outras luxuosas. Há algumas que parecem desabitadas.

Também havia mudanças na casa de meus pais. Fiquei impressionado sobretudo ao ver na sala um móvel novo para livros. Reconheci a enciclopédia do automóvel, o curso de inglês da BBC e os velhos livros da revista *Ercilla* com suas coleções de literatura chilena, espanhola e universal. Na fileira do centro havia também uma série de romances de Isabel Allende, Hernán Rivera Letelier, Marcela Serrano, John Grisham, Barbara Wood, Carla Guelfenbein e Pablo Simonetti, e mais perto do chão alguns livros que li quando criança, para o colégio: *O anel dos Löwensköld*, de Selma Lagerlöf, *Alsino*, de Pedro Prado, *Miguel Strogoff*, de Julio Verne, *El último grumete de la Baquedano*, de Francisco Coloane, *Fermina Márquez*, de Valéry Larbaud, em suma. Eu gostaria de tê-los conservado, mas seguramente os esqueci em alguma caixa que meus pais encontraram no sótão.

Foi inquietante ver aqueles livros ali, ordenados às pressas num móvel vermelho de melamina, flanqueado por cartazes com cenas de caça ou de auroras e uma surrada reprodução de *As meninas* que está em casa desde sempre e que meu pai ainda mostra às visitas com orgulho: este é o pintor, Velázquez, o pintor pintou a si mesmo, diz.

Graças a esta biblioteca tua mãe se pôs a ler e eu também, embora você saiba que prefiro ver filmes, disse meu pai, e ligou a televisão bem a tempo de ver a partida. Comemoramos os gols de Mati Fernández e Humberto Suazo com uma jarra grande de pisco sour e um par de garrafas de vinho. Bebi muito mais que meu pai. Nunca o vi bêbado, pensei e, não sei porquê, disse isso a ele. Eu sim, vi meu pai bêbado muitas vezes, respondeu, de repente, com uma mal contida expressão de tristeza.

Fique aqui, amanhã tua irmã vem almoçar, disse minha mãe – você não pode dirigir nesse estado, acrescentou, e lembrei-a do que ela sempre esquece: que não tenho carro. Ah, disse ela, é verdade, mais um motivo para você não dirigir, riu. Gosto da risada dela, sobretudo quando vem de repente, quando acontece imprevistamente. É serena e doce ao mesmo tempo.

Saí de casa há quinze anos e mesmo assim ainda sinto uma espécie de pontada estranha ao entrar neste cômodo que era meu e agora é uma espécie de despensa. No fundo há uma estante cheia de DVDs e os álbuns de fotos encurralados contra meus livros, os livros que publiquei. Acho bonito que estejam aqui, junto às lembranças familiares.

▪ ▪ ▪

Um tempo depois, às duas da manhã, levantei para preparar café e me surpreendi ao ver minha mãe na sala, bebendo mate com o jeito gracioso dos novatos. É o que faço agora quando sinto vontade de fumar, disse ela, com um sorriso. Fuma muito pouco, cinco cigarros por dia, mas desde que meu pai parou não permite mais que ela fume dentro de casa e faz frio demais para abrir a janela. Eu vou fumar, falei, vamos fumar. Meu pai não pode impedi-la de fumar, já estão muito velhos para isso, disse eu.

Ele me proíbe somente o cigarro. Eu lhe proíbo muitas coisas, as gorduras saturadas, o excesso de açúcar. É justo.

Afinal eu a convenci e nos encerramos numa espécie de cômodo pequeno que construíram para instalar uma imensa máquina de lavar nova. Fumou com o gesto de sempre, tão acentuadamente feminino: o cigarro voltado para baixo, a mão mostrando a palma, muito perto da boca.

O que é que eu faço, disse de repente, se amanhã teu pai se der conta de que fumamos?

Diga que não fumamos. Que se tem cheiro é porque eu fumo muito. Tenho cheiro de cigarro. Diga isso. E depois desvie a conversa, diga que está preocupada porque acha que estou fumando muito, que vou morrer de câncer.

Mas seria mentira, disse ela – não seria mentira, respondi, porque mais cedo ou mais tarde vou morrer de câncer mesmo.

Minha mãe soltou um suspiro profundo e moveu a cabeça lentamente. Então me disse algo que achei espantoso: nunca na vida alguém me fez rir tanto quanto você. Você é a pessoa mais divertida que conheci, disse. Mas também é sério e isso me desconcertava, me desconcerta. Você foi embora muito cedo e eu às vezes penso como seria a vida se tivesse ficado em casa. Há filhos da sua idade que ainda moram com os pais. Vejo-os passar de repente e penso em você.

A vida teria sido pior, disse eu. E esses marmanjos são uns bebezões.

Sim. É verdade. E você tem razão. A vida seria pior com você aqui. Antes de você ir embora eu e teu pai brigávamos muito.

Mas desde que você se foi não brigamos tanto. Já quase não brigamos.

Eu não esperava esse súbito momento de honestidade. Fiquei pensando, abatido, mas em seguida ela me perguntou, como se viesse ao caso: você gosta de Carla Guelfenbein?

Não soube o que responder. Eu a acho bonita, sairia com ela, mas não a levaria para a cama, disse eu. Talvez lhe desse um beijo, mas não iria para a cama com ela, ou talvez fosse para a cama com ela, mas não a beijaria. Minha mãe se fez de escandalizada. Ficava bonita com esse ar.

Estou perguntando se gosta do modo como ela escreve.

Não, mamãe. Não gosto.

Mas eu gostei do romance dela, *El revés del corazón*.

El revés del alma, corrigi.

Isso, *El revés del alma*. Me identifiquei com os personagens, me emocionei.

E como é possível que se identifique com personagens de outra classe social, com conflitos que não são, que não poderiam ser os conflitos da sua vida, mamãe?

Eu falava sério, demasiado sério. Sabia que não precisava falar tão sério, mas não podia evitar. Ela me encarou com um misto de irritação e compaixão. Com um pouco de enfado. Você se engana, me disse, por fim: talvez aquela não seja minha classe social, concordo, mas as classes sociais mudaram muito, todo mundo diz isso, e ao ler esse romance eu senti que sim, que aqueles eram meus problemas. Entendo que te incomode que eu diga isso, mas você deveria ser um pouco mais tolerante.

Achei estranhíssimo que minha mãe usasse essa palavra, tolerante. Fui dormir com a voz de minha mãe na cabeça, me dizendo: você deveria ser um pouco mais tolerante.

▪ ▪ ▪

Depois do almoço minha irmã insistiu em me trazer para casa. Tirou a carteira há um ano, mas não faz mais de um mês que aprendeu de fato a dirigir. Mesmo assim, não parecia nervosa. O nervoso era eu. Preferi me entregar, fechar os olhos e abri-los só quando o carro pigarreava demais na mudança de marchas. Nos momentos de silêncio minha irmã acelerava e quando a conversa ganhava ritmo ela diminuía a velocidade a tal ponto que os outros carros nos cobriam de buzinadas.

Lamento o que se passou com seu casamento, ela me diz um pouco antes de sair da estrada.

Isso aconteceu faz tempo, respondo.

Mas eu ainda não tinha dito.

Faz pouco tempo reatamos – minha irmã me olha entre incrédula e feliz. Explico que por enquanto tudo é frágil, tateante, mas que me sinto bem. Que queremos fazer as coisas melhor que antes. Que não moraremos juntos ainda. Ela me pergunta por que não contei a meus pais. Por isso mesmo, respondo, ainda é cedo para dizer a eles.

Depois me pergunta se vou escrever mais livros. Gosto da forma da pergunta, pois cabe a possibilidade de responder simplesmente que não, que já é suficiente, e acredito nisso, às vezes, ao final de alguma noite ruim: que de repente vou deixar de escrever, assim sem mais, que em algum momento recordarei como distante o tempo em que escrevia livros, do mesmo modo que outros recordam a temporada em que foram taxistas ou venderam dólares no Paseo Ahumada.

Mas respondo que sim e ela me pede que lhe conte de que trata o livro novo. Não quero responder, ela percebe e volta a perguntar. Digo que de Maipú, do terremoto de 1985, da infância. Ela pede mais detalhes, eu os dou. Chegamos em casa, eu a convido a entrar, ela não quer, mas tampouco quer que eu desça. Sei muito bem o que vai me perguntar.

Eu apareço no seu livro?, diz, por fim.

Não.

Por quê?

Pensei nisso. Claro que pensei. Pensei muito nisso. Minha resposta é honesta:

Para te proteger, digo.

Ela me olha descrente, magoada. Me olha com cara de menina.

É melhor não ser personagem de ninguém, digo. É melhor não aparecer em nenhum livro.

E você, aparece no livro?

Sim. Mais ou menos. Mas o livro é meu. Não poderia deixar de aparecer. Ainda que me atribuísse outros traços e uma vida muito distinta da minha, do mesmo jeito eu estaria no livro. Já tomei a decisão de não me proteger.

E estão nossos pais?

Sim. Há personagens parecidos com nossos pais.

E por que você não protege, também, nossos pais?

Para essa pergunta não tenho resposta alguma. Suponho que eles simplesmente têm que comparecer. Receber menos do que deram, assistir a um baile de máscaras sem entender muito bem por que estão ali. Nada disso sou capaz de dizer à minha irmã.

Não sei, é ficção, digo a ela. Tenho que ir, irmã. Não a chamo por seu nome. Chamo-a de irmã, dou-lhe um beijo na bochecha e desço do carro.

Já em casa fico muito tempo pensando em minha irmã, minha irmã mais velha. Recordo este poema de Enrique Lihn:

O filho único seria o mais velho dos irmãos
E ele em sua orfandade tem um pouco
Disso que se entende por mais velho
Como se também eles tivessem morrido
Seus impossíveis irmãos mais moços.

Ao escrever nos comportamos como filhos únicos. Como se sempre tivéssemos sido sozinhos. Às vezes odeio esta história, este ofício do qual já não posso sair. Do qual não vou mais sair.

▪ ▪ ▪

Sempre pensei que não tinha verdadeiras lembranças de infância. Que minha história cabia numas poucas linhas. Em uma página, talvez. E em letra grande. Já não penso isso.

O fim de semana em família me estragou o ânimo. Encontro consolo numa carta que Kawabata escreveu a seu amigo Yukio Mishima em 1962: “Diga sua mãe o que disser, você tem uma escrita magnífica”.

Faz algum tempo tentei escrever um poema, mas só consegui estes poucos versos:

Quando crescesse eu ia ser uma lembrança
Mas já estou cansado de seguir
Buscando e rebuscando a beleza
Numa árvore mutilada pelo vento.

O único verso que me agrada é o primeiro:

Quando crescesse eu ia ser uma lembrança.

3.
A LITERATURA DOS FILHOS

SAÍ DE CASA NO FINAL DE 1995, POUCO DEPOIS DE FAZER VINTE anos, mas desde a adolescência desejava abandonar aquelas calçadas limpas demais, aquelas ruelas tediosas demais em que eu havia crescido. Buscava uma vida plena e perigosa ou talvez simplesmente quisesse o que alguns filhos querem desde sempre: uma vida sem pais.

Morei em pensões ou quartos pequenos e trabalhei em qualquer coisa enquanto terminava a faculdade. E quando terminei a faculdade continuei trabalhando em qualquer coisa, porque estudei literatura, que é o que estudam as pessoas que terminam trabalhando em qualquer coisa.

Anos depois, entretanto, já perto dos trinta, consegui um posto como professor e consegui de certo modo me estabelecer. Ensaiava uma vida plácida e digna: passava as tardes lendo romances ou vendo televisão durante horas, fumando tabaco ou maconha, bebendo cerveja ou vinho barato, escutando música ou não escutando nada, porque às vezes permanecia longo tempo em silêncio, como se esperasse algo, como se esperasse alguém.

Foi então que cheguei, que regressei. Não esperava ninguém, não procurava nada, mas uma noite de verão, uma noite qualquer em que caminhava a passos largos e seguros, vi a fachada azul, a grade verde e a pequena praça de pasto ressecado bem em frente. É aqui, pensei. É aqui que eu estive. Disse isso em voz alta, entre maravilhado e absorto, e me lembrei da cena com precisão: a viagem de micro-ônibus, o pescoço da mulher, o armazém, a árvore, a angustiante viagem de volta, tudo.

Pensei então em Claudia e também em Raúl e em Magali; imaginei ou tentei imaginar suas vidas, seus destinos. Mas de repente as lembranças se apagaram. Por um segundo, sem saber por que, pensei que todos estavam mortos. Por um segundo, sem saber por que, me senti imensamente sozinho.

Nos dias seguintes voltei ao lugar de forma quase obsessiva. Premeditada ou inconscientemente dirigia meus passos em direção à casa e, sentado na grama, contemplava a fachada enquanto caía a noite. Acendiam-se primeiro as luzes da rua e mais tarde, passadas as dez, iluminava-se uma janela pequena no segundo andar. Durante dias o único sinal de vida naquela casa era a luz leve que aparecia no segundo andar.

Uma tarde vi uma mulher que abria o portão e punha para fora os sacos de lixo. Me pareceu um rosto familiar e de início pensei que fosse Claudia, ainda que a imagem que eu conservava fosse tão remota que a partir daquela lembrança era possível projetar muitos rostos. A mulher tinha as maçãs do rosto de uma pessoa magra, mas havia engordado de uma maneira talvez irremediável. Seu cabelo vermelho formava uma tela dura e resplandecente, como se tivesse acabado de ser tingido. E apesar desse aspecto chamativo parecia incomodar-se com o mero fato de alguém olhar para ela. Caminhava como se fixasse o olhar nas emendas do cimento.

Esperei vê-la de novo. Em algumas tardes levava comigo um romance, mas preferia os livros de poemas, porque me permitiam mais pausas para espiar. Sentia pudor, mas também me dava vontade de rir o fato de voltar a ser um espião. Um espião que, de novo, não sabia bem o que queria encontrar.

UMA TARDE DECIDI TOCAR A CAMPAINHA. AO VER A MULHER SE aproximar pensei, em pânico, que eu não tinha um plano, que nem sequer sabia como me apresentar. Aos balbucios, disse a ela que havia perdido um gato. Ela me perguntou o nome do gato, eu não soube o que responder. Me perguntou como ele era. Eu disse que branco, preto e café.

Então é gata, disse a mulher.

É gato, respondi.

Se é de três cores não pode ser gato. Os gatos de três cores são fêmeas, disse ela. E acrescentou que de qualquer maneira não tinha visto gatos perdidos no bairro ultimamente.

A mulher ia se afastar quando eu disse, quase gritando: Claudia.

Quem é você?, respondeu.

Eu disse. Disse que nos havíamos conhecido em Maipú. Que tínhamos sido amigos.

Ela me olhou demoradamente. Eu me deixei olhar. É estranhíssima essa sensação. A de esperar ser reconhecido. Por fim ela falou: já sei quem você é. Eu não sou Claudia. Sou Ximena, a irmã de Claudia. E você é o menino que me seguiu aquela tarde, Aladino. Assim te chamava Claudia, ríamos muito quando ela se lembrava de você. Aladino.

Eu não sabia o que dizer. Entendia precariamente que sim, que Ximena era a mulher que eu havia seguido tantos anos atrás. A suposta namorada de Raúl. Mas Claudia nunca me disse que tinha uma irmã. Sentia o peso, a necessidade de encontrar alguma frase adequada. Gostaria de ver Claudia, disse, com pouca voz.

Pensei que você estivesse procurando um gato. Uma gata.

Sim, respondi. Mas pensei muitas vezes, nestes anos, naquele tempo em Maipú. E eu gostaria de ver Claudia.

No olhar de Ximena havia hostilidade. Ficou calada. Falei, improvisando nervosamente, sobre o passado, sobre o desejo de recuperar o passado.

Não sei para que quer ver Claudia, disse Ximena. Não creio que você chegue a entender uma história como a nossa. Naquele tempo as pessoas procuravam outras pessoas, procuravam corpos de pessoas que haviam desaparecido. Com certeza naqueles anos você procurava gatinhos ou cachorrinhos, como agora.

Não entendi sua crueldade, me pareceu excessiva, desnecessária. De todo modo, Ximena anotou meu telefone. Quando ela vier, passo para ela, disse.

E quando você acha que ela virá?

A qualquer momento, respondeu. Meu pai está à beira da morte. Quando morrer, minha irmã viajará desde a Ianquilândia para chorar sobre o cadáver dele e pedir sua parte da herança.

Me pareceu ridículo, falsamente juvenil, isso de chamar os Estados Unidos de Ianquilândia, e no mesmo momento pensei naquele diálogo com Claudia, no Templo de Maipú, sobre as bandeiras. No fim das contas seu destino estava naquele país que, quando menina, ela desprezava, pensei, e pensei também que devia ir embora, mas não pude evitar uma última pergunta de gentileza:

Como está o senhor Raúl?, perguntei.

Não sei como está o senhor Raúl. Deve estar bem. Mas meu pai está morrendo. Tchau, Aladino, disse ela. Você não entende, nunca vai entender nada, seu bocó.

VOLTEI A CAMINHAR PELO BAIRRO VÁRIAS VEZES, MAS OLHAVA A casa de longe, não me atrevia a chegar perto. Pensava com frequência naquele diálogo amargo com Ximena. Suas palavras de alguma forma me perseguiam. Uma noite sonhei que me encontrava com ela no supermercado. Eu trabalhava promovendo uma cerveja nova. Ela passava com o carrinho cheio de comida para gatos. Me olhava de esguelha. Me reconhecia só que evitava me cumprimentar.

Pensava também em Claudia, mas como se pensa num fantasma, como se pensa em alguém que de alguma maneira, de uma forma irracional e no entanto muito concreta, nos acompanha. Não esperava sua ligação. Era difícil imaginar sua irmã lhe dando meu número, contando sobre aquela visita intempestiva, sobre a estranha aparição de Aladino. Mas assim foi: alguns meses depois daquela conversa com Ximena, uma manhã bem cedo, pouco antes das nove, Claudia me telefonou. Foi muito amável. Acho divertido que voltemos a nos ver, disse.

Nos encontramos numa tarde de novembro, no Starbucks de La Reina. Eu gostaria de me lembrar agora, com absoluta precisão, de cada uma de suas palavras e anotá-las neste caderno, sem maiores comentários. Gostaria de imitar sua voz, aproximar uma câmera dos gestos que fazia quando penetrava, sem medo, no passado. Gostaria que outra pessoa escrevesse este livro. Que ela, por exemplo, o escrevesse. Que estivesse agora mesmo, na minha casa, escrevendo. Mas eu é que devo escrevê-lo e aqui estou. E aqui vou ficar.

NÃO FOI DIFÍCIL TE RECONHECER, DIZ CLAUDIA – PARA MIM também não, respondo, mas durante longos minutos me distraio buscando o rosto que tenho na memória. Não o encontro. Se a tivesse visto na rua não a teria reconhecido.

Vamos até o balcão pegar o café. Não costumo ir ao Starbucks, fico surpreso ao ver meu nome rabiscado no copo. Olho o copo dela, o nome dela. Não está morta, penso de repente, com alegria: não está morta.

O cabelo de Claudia agora é curto e a cara muito magra. Seus peitos seguem sendo escassos e sua voz parece a de uma fumante, embora fume só no Chile – parece que nos Estados Unidos já não permitem fumar em parte alguma, digo eu, de repente contente que a conversa seja simplesmente social, rotineira.

Não é isso. É estranho. Em Vermont não me dá vontade de fumar, mas chego no Chile e fumo como uma louca, diz Claudia. É como se o Chile tivesse ficado incompreensível ou intolerável sem fumar.

É como se o Chile tivesse se tornado *intragável* para você, digo, brincando.

Sim, diz Claudia, sem rir. Ri depois. Dez segundos depois entende a piada.

De início o diálogo segue o rumo tímido de um encontro às cegas, mas às vezes Claudia acelera e começa a falar em frases longas. A trama de repente se esclarece: Raúl era meu pai, diz, sem mais preâmbulos. Mas se chamava Roberto. O homem que morreu há três semanas, meu pai, se chamava Roberto.

Eu a encaro espantado, mas não é um espanto em estado puro. Recebo a história como se a esperasse. Porque a espero, de certo modo. É a história da minha geração.

NASCI CINCO DIAS DEPOIS DO GOLPE, EM 16 DE SETEMBRO DE 1973, diz Claudia, numa espécie de estalo. A sombra de uma árvore cai caprichosamente sobre sua boca, não vejo o movimento de seus lábios. Isso me inquieta. Sinto que quem fala comigo é uma foto. Recordo aquele belo poema, "Os olhos desta dama morta me falam". Mas ela move as mãos e a vida volta a seu corpo. Não está morta, penso de novo, e de novo sinto uma alegria imensa.

Magali e Roberto tiveram Ximena quando ele acabava de entrar no curso de Direito na Universidade do Chile. Viveram separados até que ela ficou de novo grávida e então, no começo de 1973, casaram-se e decidiram morar em La Reina enquanto procuravam um lugar próprio. Magali era mais velha. Tinha estudado inglês na licenciatura e era partidária de Allende, mas não participava de um modo ativo. Roberto, ao contrário, era um militante disciplinado, embora tampouco estivesse em situação de risco.

Os primeiros anos de ditadura eles passaram apavorados e encerrados naquela casa de La Reina. Mas no final de 1981 Roberto se reconectou: voltou a circular por alguns lugares que até então havia evitado e rapidamente assumiu responsabilidades, de início muito menores, como informante. A cada manhã esperava seus contatos na escadaria da Biblioteca Nacional, num banco da Plaza de Armas e até algumas vezes no zoológico, e depois voltava a trabalhar num escritório pequeno na Calle Moneda.

Pouco depois Magali alugou a casa em Maipú e foi morar ali com as meninas. Era a melhor maneira de protegê-las, longe de tudo, longe do mundo. Roberto, enquanto isso, corria riscos, mas mudava de aparência constantemente. No início de 1984 convenceu seu cunhado Raúl para que partisse e deixasse para ele sua identidade. Raúl saiu do Chile pela cordilheira, para Mendoza, sem um plano definido, mas com algum dinheiro para começar uma vida nova.

Foi então que Roberto conseguiu aquela casa na travessa Aladino. De novo Maipú aparecia como um lugar seguro, onde era possível não despertar suspeitas. Morava muito perto de sua mulher e de suas filhas e a nova identidade lhe permitia vê-las mais amiúde, mas era preciso cautela. As meninas quase não viam o pai e Claudia nem sequer sabia que ele morava perto. Soube naquela noite, a noite do terremoto.

APRENDER A CONTAR SUA HISTÓRIA COMO SE NÃO DOESSE. ISSO foi, para Claudia, crescer: aprender a contar sua história com precisão, com crueza. Mas é uma armadilha colocar a coisa desse modo, como se o processo terminasse um dia. Somente agora sinto que posso fazê-lo, diz Claudia. Tentei durante muito tempo. Mas agora encontrei uma espécie de legitimidade. Um impulso. Agora quero que alguém, que qualquer pessoa me pergunte, do nada: quem é você?

Eu sou o que pergunta, penso. O desconhecido que pergunta. Esperava um encontro carregado de silêncios, uma série de frases soltas que depois, como fazia quando criança, sozinho, teria que juntar e decifrar. Mas não, pelo contrário: Claudia quer falar. Quando vinha no avião, diz, contemplei as nuvens por um longo tempo. Parecia que formavam um desenho frágil e desconcertante, mas ao mesmo tempo reconhecível. Pensei nos esboços de um menino rabiscando uma folha ou nos desenhos que minha mãe fazia enquanto falava ao telefone. Não sei se aconteceu uma vez ou muitas vezes, mas tenho essa imagem de minha mãe rabiscando papéis enquanto falava ao telefone.

Olhei depois, diz Claudia, as aeromoças que alisavam suas saias enquanto conversavam e riam no fundo do corredor e o desconhecido que dormitava a meu lado com um livro de autoajuda aberto no peito. E então pensei que já fazia dez anos que minha mãe tinha morrido, que meu pai acabava de morrer, e em vez de honrar silenciosamente esses mortos eu experimentava a necessidade imperiosa de falar. O desejo de dizer: eu. O vago, o estranho prazer, até, de responder: eu me chamo Claudia e tenho trinta e três anos.

O que ela mais queria durante aquela longa viagem até Santiago era que o desconhecido que viajava a seu lado despertasse e perguntasse: quem é você, como se chama? Queria lhe responder com alegria leve e rápida, coquetemente até: Eu me chamo Claudia e tenho trinta e três anos. Queria dizer, como nos romances: Eu me chamo Claudia, tenho trinta e três anos e esta é a minha história. E começar a contá-la, por fim, como se não doesse.

Já é noite, continuamos sentados no terraço do café. Você está cansado de me escutar, ela diz de repente. Nego terminantemente com a cabeça. Mas depois sou eu que vou escutar você, diz ela. E prometo que quando estiver aborrecida de te escutar você nem vai perceber. Fingirei muito bem, diz ela, sorrindo.

CLAUDIA CHEGOU QUANDO O VELÓRIO ESTAVA A PONTO DE COMEçar. Recebeu as condolências com um tanto de tédio: preferia os abraços silenciosos, sem aquelas terríveis frases de ocasião. Depois do funeral desfez as malas naquele que uma vez foi seu quarto. Pensou que chegava em casa, ao fim e ao cabo; que o único espaço em que de fato havia se sentido cômoda era aquele quartinho na casa de La Reina, embora aquela estabilidade tenha durado pouco tempo, apenas alguns anos, no final dos oitenta, quando sua avó, sua mãe e seu pai estavam vivos.

Como se adivinhasse cruelmente aqueles pensamentos, como se levasse muito tempo esperando para pronunciar essas frases, Ximena entrou de repente e disse: Esta não é mais tua casa. Pode ficar algumas semanas, mas não se acostume demais. Eu cuidei de meu pai, portanto a casa é minha, não vou vendê-la, nem pense nisso. E seria muito melhor se você ficasse num hotel.

Claudia assentiu acreditando que com os dias sua irmã recuperaria a calma, a sensatez. Deitou na cama e se pôs a ler um romance, queria esquecer aquele diálogo ácido, queria deixar-se levar pela trama, mas era impossível, porque o livro falava de pais que abandonam seus filhos ou de filhos que abandonam seus pais. Ultimamente todos os livros falam disso, pensou.

Foi até a sala, Ximena via televisão, sentou-se a seu lado. Gregory House dizia alguma coisa à doutora Cuddy, alguma brutalidade, e Claudia se lembra que riram, em uníssono. Então preparou chá e ofereceu uma xícara a Ximena. Achou que sua irmã tinha a cara de alguém que tinha sofrido não um dia ou uma semana, mas a vida toda. Perdão, disse Ximena ao receber o chá:

pode ficar o tempo que quiser, mas não me peça para vender a casa. É a única coisa que tenho, que temos.

Claudia esteve a ponto de dizer alguma frase apropriada e vazia: temos uma à outra, vamos superar isso juntas, algo assim. Mas se conteve. Não teria sido verdade. Fazia muito tempo que lhes custava conviver sem se agredir. Depois falamos sobre a casa, disse.

CAMINHAMOS SEM RUMO, MAS SEI LÁ, SIMPLESMENTE ACOMPAnho Claudia pensando que vamos a alguma parte. Já é muito tarde, o cinema está fechado, paramos para olhar os cartazes dos filmes como se fôssemos um casal em busca de diversão.

É bom morar perto de um cinema, diz ela, e nos entusiasmamos falando sobre filmes – descobrimos coincidências que no entanto, ainda bem, nos devolvem à vida, à juventude, à infância. Porque já não podemos, já não sabemos falar sobre um filme ou sobre um livro; chegou o tempo em que não importam os filmes nem os romances e sim o momento em que os vimos, os lemos: onde estávamos, o que fazíamos, quem éramos então.

Enquanto caminhamos em silêncio penso naqueles nomes: Roberto, Magali, Ximena, Claudia. Pergunto o nome de sua avó. Mercedes, responde Claudia. Penso que são nomes sérios. Até Claudia me parece de repente um nome sério. Belo, simples e sério. Pergunto em que ano morreu sua avó. Em 1995, um ano antes que minha mãe, diz Claudia. E fala também de outro morto, alguém importante, alguém a quem nunca conheceu: o primo de seu pai, Nacho, o médico. Nacho foi preso e nunca mais voltou. Roberto e Magali falavam dele como se estivesse vivo, mas estava morto.

Contavam-lhe, quando menina, e depois, muitos anos depois, continuavam lhe contando a história da febre, que nem sequer era propriamente uma história – era um momento, nada mais, o último, ainda que ninguém soubesse que seria o último: em 1974, quando Claudia tinha onze meses de vida, Nacho foi vê-la porque a menina estava doente havia muitas horas. A febre baixou de imediato. É um milagre, disseram os adultos, rindo, naquela tarde. E assim ficou, como um milagre ligeiro, intranscendente: baixar a febre de uma menina, nada mais, naquela tarde em que o viram com vida pela última vez – e tampouco o viram morto, porque seu corpo nunca apareceu.

Em minha família não há mortos, digo eu. Ninguém morreu. Nem meus avós, nem meus pais, nem meus primos, ninguém.

Você nunca vai ao cemitério?

Não, nunca vou ao cemitério, respondo em uma frase completa – como se aprendesse a falar uma língua estrangeira e me exigissem completar a frase.

Tenho que ir, prefiro voltar cedo à casa do meu pai – um gesto em seus lábios a desdiz em seguida: não é mais a casa de seu pai, agora é dela e de Ximena. Acompanho-a desejando que me convide a um café, mas ela se despede no portão com um sorriso límpido e um abraço.

No caminho de volta recordo uma cena na faculdade, uma tarde em que fumávamos erva e tomávamos um pegajoso vinho com melão. Eu tinha passado a tarde junto a um grupo de colegas de curso trocando relatos familiares nos quais a morte aparecia com insistência opressiva. De todos os presentes eu era o único que provinha de uma família sem mortos, e essa constatação me encheu de uma estranha amargura: meus amigos tinham crescido lendo os livros que seus pais ou seus irmãos mortos tinham deixado em casa. Mas na minha família não havia mortos nem havia livros.

Sou o filho de uma família sem mortos, pensei enquanto meus companheiros contavam suas histórias de infância. Então me lembrei intensamente de Claudia, mas não queria ou não me atrevia a contar sua história. Não era minha. Sabia pouco, mas pelo menos sabia isto: que ninguém fala pelos outros. Que, mesmo que queiramos contar histórias alheias, terminamos sempre contando nossa própria história.

QUERO DEIXAR PASSAR UNS DIAS ANTES DE CHAMÁ-LA E PROpor-lhe que voltemos a nos ver. Mas estou impaciente e lhe telefono logo. Ela não parece surpresa. Ficamos de nos encontrar na manhã seguinte, no Parque Intercomunal. Chego cedo, mas a vejo ao longe, sentada num banco, lendo. Está bonita. Veste uma saia de jeans leve e uma velha camiseta preta que diz em letras grandes e azuis: *Love sucks*.

Alguns colegiais que estão cabulando aula se aproximam para nos pedir fogo. Com essa idade eu não fumava, me diz Claudia. Eu sim, respondo. Conto que comecei a fumar aos doze anos. Às vezes caminhava com meu pai e ele acendia um cigarro e eu lhe dizia que o apagasse, dizia que fazia mal, que ia morrer de câncer. Fazia isso para despistar, para que não suspeitasse que eu também fumava, e ele me olhava desculpando-se e me explicava que fumar era um vício, e que os vícios demonstravam a fraqueza dos seres humanos. Eu me lembro disso, era bom vê-lo de repente confessar-se fraco, vulnerável.

Quanto a mim, só vi meu pai fumar uma vez, diz Claudia enquanto nos perdemos pelo parque. Um dia cheguei mais cedo do colégio e ele estava na sala conversando com minha mãe. Me alegrei muito de vê-lo. Vivia esperando vê-lo. Meu pai me abraçou e talvez o abraço tenha sido longo, mas senti que ele me soltava rápido, como se aquele contato fosse também ilícito. Então me dei conta de que ele tinha um cigarro na mão direita. Isso me desconcertou. Me pareceu que na verdade era outra pessoa. Que não era Roberto que fumava, que era Raúl.

Também fumou na noite do terremoto, com meu pai, relembro a ela. Acho que meu pai ofereceu um cigarro ao teu e fumaram juntos, conversando.

Sério?, pergunta Claudia, incrédula, enquanto arruma o cabelo. Não me lembro disso. Mas me lembro de você, diz.

Na verdade, você estava procurando alguém para espiar seu pai, não é?

Não, diz ela. Eu não sabia que meu pai morava ali. A situação foi muito confusa. Na noite do terremoto eu estava sozinha com minha mãe, porque Ximena tinha ido para a casa da minha avó. Na época Ximena passava muito tempo com minha avó, praticamente morava com ela. Uma mureta caiu e o janelão se quebrou, não podíamos dormir ali; lembro que nos desesperamos, saímos andando e eu não sabia que procurávamos o meu pai e que ele também nos procurava. Não sei se tomamos caminhos diferentes ou se passamos por perto. Quando por fim o vimos numa esquina, não pude acreditar. Eu levava uma lanterna pequena, de brinquedo, que tinham me dado de presente uns anos antes. Me lembro que iluminei a cara dele e vi seus olhos um pouco úmidos. Nos abraçou e nos levou até a fogueira. Antes de amanhecer partimos os três para a casa de La Reina, no carro dele.

O Fiat 500, digo eu.

O Fiat 500, sim, responde.

Claudia se impressionou muito ao descobrir que seu pai morava perto. Estava farta dos segredos, e ao mesmo tempo intuía perigos numerosos, perigos enormes e imprecisos. Gostou de me ver ali, com os adultos, ao redor da fogueira – você estava quieto, observava. Eu também era assim, silenciosa. Comecei a te seguir sem um propósito claro e aos poucos fui construindo um plano.

Claudia tampouco sabia com precisão o que espiava, o que queria saber. Mas quando se inteirou, por meu intermédio, de que Roberto escondia gente na casa, não se surpreendeu.

E você achava que seu pai tinha uma amante?

Não sabia o que achar. Quando conversamos perdi o controle, a verdade é que sabia muito pouco sobre meu pai. Depois achei que fosse Ximena. Não calculei que você ia segui-la daquela maneira, mas me deu raiva saber que ela via meu pai mais do que eu. Que havia um vínculo novo e diferente entre eles. Ela e meu pai, dizíamos depois, meio na brincadeira, eram os revolucionários. Minha mãe e eu, ao contrário, éramos as reacionárias. Podíamos fazer graça com isso, mas de todo modo me doía e acho que me dói até agora.

Quando Ximena viu que um menino, que eu a seguia, não teve dúvida de que era sua irmã que me mandava. Claudia se viu obrigada a confessar que era ela que tinha me pedido que espionasse seu pai. Repreenderam-na primeiro enfática e depois amorosamente. Começou uma discussão na qual se culpavam uns aos outros. Eu não queria ser a responsável por aqueles gritos, mas era, diz Claudia, e então faz uma pausa longa e no entanto vacilante. Durante dez minutos parece que está a ponto de falar e não se decide. Diz, por fim: tenho muita vontade de tomar um sorvete de chocolate.

PASSAMOS UMA SEMANA SEM NOS VER, MAS TELEFONO PARA ELA diariamente e tenho a impressão de que Claudia espera por essas ligações. Uma noite, muito tarde, é ela quem me liga. Estou aqui fora, diz. Ximena me expulsou. Diz que a casa é dela. Que sou uma estrangeira e uma puta.

Claudia chora com o semblante exato de alguém que se esforça por evitar o choro. Eu a abraço, ofereço um chá e escutamos música enquanto penso nos motivos que Ximena pôde ter para chamá-la de puta. Quase pergunto isso mas prefiro me calar. Digo-lhe que pode ficar comigo, que só há uma cama mas posso dormir na poltrona. Será por uma noite, me responde. Mas quero que durmamos juntos. Assim minha irmã terá razão, serei uma puta.

Os olhos de Claudia se iluminam: recupera o riso, a beleza. Ofereço-lhe uns pedaços de queijo e abro uma garrafa de vinho. Falamos e bebemos durante horas. Gosto do modo como se move pela casa. Ocupa o espaço como se o estivesse reconhecendo. Muda frequentemente de cadeira, põe-se em pé, de repente senta no chão e fica um tempo com as mãos nos tornozelos.

Digo que me parece inacreditável que Ximena a tenha expulsado.

Não me expulsou, na verdade, responde. Tivemos uma forte discussão, mas eu poderia ter ficado em casa. Preferi sair, porque para mim é muito difícil conviver com ela.

Pergunto se Ximena sempre foi assim. Me diz que não. Que a doença de seu pai a transformou. Que nos últimos anos abandonou tudo para cuidar dele. Agora que meu pai não está mais aqui ela não sabe o que fazer, não sabe como viver. Mas suponho que seja mais complexo do que isso, diz Claudia, e olha fixamente a lâmpada da sala, como se seguisse o movimento de uma mariposa.

Pergunto por que foi morar nos Estados Unidos. Não sei, responde. Queria ir embora, queria sair. Meu pai também queria que eu fosse, já estava doente na época, mas preferia que eu fosse, diz Claudia, retomando o tom de uma confissão. Ele me apoiava, acima de tudo, diante dos ataques de Ximena. Mas Ximena também queria que eu fosse embora. De alguma maneira fantasiava este final: ela cuidando de meu pai até o último momento e eu voltando às pressas, cheia de culpa, para o enterro.

Não sei em que momento, anos atrás, acrescenta Claudia, Ximena construiu essa versão em que eu era a irmã má que queria tirar tudo dela. E talvez já seja tarde demais para fazer as pazes. Porque alguma razão Ximena tem. Ela ficou porque quis ficar. Mas ficou, diz Claudia. De alguma forma meu pai teve que escolher de qual de suas filhas iria foder a vida. E escolheu a ela. E eu me salvei.

Pergunto se na verdade não está cheia de culpa.

Não sinto culpa, responde. Mas sinto essa falta de culpa como se fosse culpa.

Vai voltar para os Estados Unidos?

Há duas semanas, na tarde em que voltamos a nos encontrar, Claudia me contou que tinha terminado um mestrado em Direito Ambiental em Vermont, que preferia procurar trabalho lá, que já fazia algum tempo que morava com um namorado argentino. Mas agora demora a responder.

Às vezes duvido, diz, por fim. Às vezes penso que devo regressar definitivamente ao Chile, diz. Acho que não sabe bem por que diz isso. Não acredito nela. Acho que Claudia não considera a sério a possibilidade de ficar. Acho que Claudia procura algo, apenas, e assim que encontrar regressará aos Estados Unidos.

Parece ao mesmo tempo cansada e aliviada. E está meio bêbada. Enquanto trepamos ela sorri mostrando um pouco os dentes. É um gesto bonito e estranho. Penso que vou me lembrar desse gesto. Que vou sentir saudades dele.

Dormimos pouco, duas ou três horas. Começa o ruído de carros, de vozes. As pessoas partem para o trabalho, para o colégio. Preparamos suco de laranja e enquanto tomamos o café da manhã ela verifica sua caixa de e-mails no computador. Encontra uma mensagem de Ximena. Não vou vender a casa, não incista, diz, e Claudia não pode acreditar: ela diz incista, com c, de fato. Por um milésimo de segundo pensa que é terrível que Ximena cometa esse tipo de erro e em seguida se envergonha, porque é ainda pior que, nessas circunstâncias, importe-se com algo tão estúpido como uma falha de ortografia.

A casa não está à venda, prossegue Ximena. É minha casa agora. Agora mais do que nunca, diz.

Não vou insistir, pensa Claudia: não tem sentido insistir. No fundo entende que Ximena se aferre à casa. Acredita que seja melhor vendê-la e repartir o dinheiro, acredita que não faz bem a ninguém tanta proximidade com o passado. Que o passado nunca deixa de doer, mas podemos ajudá-lo a encontrar um lugar diferente.

Mas talvez seja cedo demais para falar de dor, me diz, enquanto olho o rastro de vinho em seus lábios. De repente me parece muito jovem: vinte e cinco, vinte e seis anos, nunca mais de trinta.

VOU À UNIVERSIDADE, DOU UMA AULA NÃO MUITO BOA, VOLTO. Tinha imaginado a cena, mas de todo modo me surpreende abrir a porta e ver Claudia estendida numa poltrona. Sua beleza me faz bem, eu lhe digo, sem pensar muito. Ela me olha com cautela e em seguida solta uma risadinha, mas se aproxima, me abraça e terminamos trepando em pé, num canto da cozinha.

Depois fazemos talharim e bolamos um molho com um pouco de creme e cebolinhas. O molho fica um pouco seco e a verdade é que nenhum dos dois tem fome.

Às vezes, ao olhar a comida no prato, diz Claudia, me lembro da expressão, a resposta que minha mãe e minha avó me davam todo tempo: come e cala. Tinham cozinhado uma coisa nova, um guisado desconhecido que não tinha bom aspecto e Claudia queria saber o que era. Sua mãe e sua avó respondiam em coro: come e cala.

Era uma brincadeira, claro, uma brincadeira sábia até. Mas eis o que sentia Claudia quando pequena: que aconteciam coisas estranhas, que conviviam com a dor, que guardavam com dificuldade uma tristeza longa e imprecisa, e no entanto era melhor não fazer perguntas, porque perguntar era arriscar-se a ouvir também como resposta: come e cala.

Depois veio o tempo das perguntas. A década de noventa foi o tempo das perguntas, pensa Claudia, e em seguida diz desculpa, não quero soar como esses sociólogos meio charlatães que às vezes aparecem na televisão, mas foram assim aqueles anos: eu me sentava durante horas a falar com meus pais, perguntava-lhes detalhes, obrigava-os a recordar, e repetia depois essas lembranças como se fossem próprias; de uma forma terrível e secreta, procurava seu lugar naquela história.

Não perguntávamos para saber, me diz Claudia enquanto juntamos os pratos e tiramos a mesa: perguntávamos para preencher um vazio.

ÀS VEZES XIMENA ME LEMBRA MINHA MÃE, DIZ CLAUDIA enquanto tomamos chá. Não é uma semelhança física, de fato. É a voz, o timbre da voz, diz.

Pensa naqueles momentos em que não restava a sua mãe outro remédio senão falar. Buscava as meninas, demorava-se nas palavras, como que sintonizando aos poucos um tom doce e calmo, um tom cuidadoso, artificial. Então, como numa cerimônia, falava claro. Olhava nos olhos.

Numa tarde de 1984 falou com elas em separado. Chamou primeiro Ximena à cozinha e fechou a porta. Era estranho que a conversa tivesse lugar na cozinha. Perguntou-lhe sobre isso pouco antes de ela morrer. Por que naquela tarde você quis falar com a gente na cozinha? Não sei, disse a mãe. Talvez porque estivesse nervosa.

A conversa com Ximena durou pouco. Ela saiu rapidamente, correu para o pátio, Claudia não pôde ver sua cara. À luz das circunstâncias, os cinco anos de diferença entre as irmãs se convertiam numa distância intransponível. Ximena era conflituosa e irascível, mas no final sempre ficava do lado dos adultos, enquanto Claudia entendia tudo pela metade.

Em seguida foi minha vez, diz Claudia, e faz uma pausa que parece dramática. Penso que está a ponto de se quebrar, mas não, precisa dessa pausa, nada mais. Não me recordo bem de suas palavras, prossegue. Suponho que me disse a verdade ou alguma coisa parecida à verdade. Entendi que havia gente boa e gente ruim. Que nós éramos gente boa. Que a gente boa às vezes era perseguida por pensar diferente. Por suas ideias. Não sei se na época eu sabia o que era uma ideia, mas de alguma maneira naquela tarde eu soube.

Sua mãe lhe falou com uma ênfase suave, generosa: por um tempo você não vai poder chamar seu papai de papai. Ele vai cortar o cabelo como o tio Raúl, vai tirar a barba para se parecer um pouco mais com o tio Raúl. Claudia não entendia, mas sabia que devia entender. Sabia que todos os outros, inclusive sua irmã, entendiam mais que ela. E lhe doía ter que aceitar. Perguntou à mãe quanto tempo devia ficar sem chamar seu pai de papai. Não sei. Talvez pouco tempo. Talvez muito. Mas prometo que você vai poder chamá-lo de novo de papai.

Jura?, disse Claudia, inesperadamente. Nas famílias católicas se jura, nós só prometemos, disse a mãe. Mas te prometo. Quero que você me jure, disse a menina. Está bem, eu juro, concedeu a mãe. E acrescentou que ela sempre saberia que aquele homem a quem chamava de tio era seu pai. Que isso bastava. Que isso era o importante.

NO INÍCIO DE 1988 O PAI DE CLAUDIA RECUPEROU SUA IDENTIdade. Foi uma decisão do partido. De olho no plebiscito, precisavam de militantes comprometidos publicamente nas tarefas práticas. Magali foi com suas duas filhas ao aeroporto. A situação era absurda. Uma semana antes Roberto tinha partido para Buenos Aires com a identidade de Raúl e regressava agora convertido em Roberto. Havia aparado um pouco o cabelo e as costeletas e se vestia sobriamente, com calça jeans e uma camisa branca. Sorria muito e em algum momento Claudia pensou que parecia um homem novo.

Não era necessário que fingissem tanto, mas sua mãe insistia: do mesmo modo que antes a olhava com reprovação quando o chamava de papai, agora a instava, de forma quase ridícula, a chamá-lo de papai. No avião vinha gente que tinha estado exilada de verdade. Claudia se lembra de ter sentido certa amargura ao vê-los abraçar suas famílias, chorar naqueles longos abraços, legítimos. Por um momento pensou, mas se arrependeu em seguida desse pensamento, que os outros também fingiam. Que o que eles recuperavam não eram as pessoas, e sim os nomes. Desfaziam, por fim, aquela distância entre os corpos e os nomes. Mas não. Havia ao redor emoções verdadeiras. E de volta para casa pensou que sua emoção também era verdadeira.

É uma história terrível, digo eu, e ela me olha surpresa. Não, responde, e diz meu nome várias vezes, como se eu estivesse dormindo há muito tempo e ela quisesse me despertar aos poucos: minha história não é terrível. É isso que Ximena não entende: que nossa história não é terrível. Que houve dor, que nunca esqueceremos essa dor, mas tampouco podemos esquecer a dor dos outros. Porque estávamos protegidas, enfim; porque houve outros que sofreram mais, que sofrem mais.

Caminhamos pela avenida Grécia, passamos pela Faculdade de Filosofia e então me lembro de alguma história ou centenas de histórias sobre aquele tempo, mas me sinto um pouco bobo, parece que tudo o que posso contar é irrelevante. Chegamos ao Estádio Nacional. O maior centro de detenção em 1973 sempre foi, para mim, nada mais que um campo de futebol. Minhas primeiras lembranças são meramente esportivas e alegres. Sem dúvida foi ali, nas arquibancadas desse estádio, que tomei meus primeiros sorvetes.

A primeira lembrança de Claudia também é alegre. Em 1977 anunciou-se que Chespirito, o comediante mexicano, viria com todo o elenco de seu programa para dar um espetáculo no Estádio Nacional. Claudia tinha então quatro anos, via o programa e gostava muito.

Seus pais se negaram, em princípio, a levá-la, mas no final cederam. Foram os quatro e Claudia e Ximena se divertiram bastante. Muitos anos mais tarde Claudia soube que aquele dia tinha sido, para seus pais, um suplício. Que a cada minuto pensaram no absurdo que era ver o estádio cheio de gente rindo. Que durante todo o espetáculo eles tinham pensado apenas, obsessivamente, nos mortos.

DE VEZ EM QUANDO CLAUDIA PROPÕE PROCURAR UM HOTEL OU recorrer a alguma amiga, mas eu insisto em retê-la. Não tenho muito que oferecer, mas desejo a todo custo que este tempo continue. Há dias menos bons, confusos, mas costuma acontecer uma certa rotina agradável. Pela manhã vou à faculdade enquanto Claudia sai para caminhar ou fica em casa pensando, sobretudo no futuro. À tarde trepamos ou vemos filmes e a noite nos surpreende conversando e rindo.

Às vezes acho que ela sente vontade de ficar, de que a vida consista nisso, nada mais. É o que eu quero. Quero fazê-la desejar uma vida aqui. Quero enredá-la de novo no mundo do qual ela fugiu. Quero fazê-la acreditar que fugiu, que forçou sua história para se perder nas convenções de uma vida cômoda e supostamente feliz. Quero fazê-la odiar esse futuro plácido em Vermont. Me comporto, em resumo, como um imbecil.

É melhor encarar este tempo como se encara um anúncio breve na programação da tevê a cabo: depois de vinte anos, dois amigos de infância se reencontram por acaso e se apaixonam. Mas não somos amigos. E não há amor, na verdade. Dormimos juntos, trepamos maravilhosamente bem e nunca vou esquecer seu corpo moreno, cálido e firme. Mas não é amor o que nos une. Ou é amor, mas amor à lembrança.

O que nos une é o desejo de recuperar as cenas dos personagens secundários. Cenas razoavelmente descartadas, desnecessárias, que no entanto colecionamos sem cessar.

CLAUDIA INSISTE PARA IRMOS A MAIPÚ. DIZ QUE QUER CONHEcer meus pais. Que quer caminhar por aquelas ruas de novo. Não acho que seja uma boa ideia, mas aceito, por fim.

Na praça ela reconhece alguns monumentos, algumas árvores, a longa escadaria que conduz à piscina pública, mas não muito mais. Onde antes estava o supermercado agora há um edifício municipal ou algo assim.

Rumamos agora para a vila onde ela morava. Fecharam as travessas com um vistoso portão eletrônico. A Lucila Godoy Alcayaga e a Neftalí Reyes Basoalto parecem agora condomínios mais exclusivos ou pelo menos o suficiente para compartilhar a paranoia sobre a delinquência. Veem-se muitos carros estacionados no interior.

Conseguimos nos infiltrar na rabeira de uns meninos que entram de bicicleta. Claudia olha a casa em silêncio por um instante, mas logo toca a campainha. Estamos procurando um gato, diz a um homem que sai com a camisa fora da calça, como se estivesse se despindo quando a campainha tocou. Claudia explica que é um gato branco e preto. O homem a olha com curiosidade, com certeza a considera desejável. Não vi um gato em branco e preto, eu vejo em cores, disse, e penso que há muitos anos eu não escutava uma piada tão sem graça. De todo modo rimos, nervosos.

A casa é agora de uma estranha cor damasco e em vez de persianas há umas horríveis cortinas floridas. Mas nunca foi uma casa bonita; nem sequer foi uma verdadeira casa, diz Claudia, com uma tristeza serena.

Decidimos ir embora, mas não podemos sair. O portão eletrônico está fechado, chamamos pelo interfone, mas o homem não responde. Por um tempo ficamos ali, como melancólicos presos acariciando as barras de ferro. Enquanto isso telefono a meus pais. Eles me esperam. Nos esperam.

FICO SURPRESO AO VER NA SALA UM MÓVEL PARA LIVROS. ESTÁ repleto. Graças a esta estante sua mãe começou a ler e eu também, embora você saiba que eu prefiro ver filmes, diz meu pai. Não olha para Claudia, mas é sumamente cortês, atencioso.

A tarde escorre numa conversa lenta que por momentos, ao compasso do pisco sour, tende a ganhar forma. Queremos ir embora, mas minha mãe começa a preparar um jantar com pedaços de carne, batatas duquesa e uma alternativa vegetariana. Não sou vegetariana, diz Claudia quando minha mãe pergunta a respeito. Que estranho, meu filho sempre gostou das vegetarianas, diz mamãe. Isso me perturba, mas deixo passar, porque Claudia ri com naturalidade, com calor.

Apesar dessa brincadeira, meus pais evitam perguntar detalhes da relação. Eu disse por telefone simplesmente que iria acompanhado. Suponho que eles tenham achado curioso ou agradável que eu quisesse lhes apresentar uma namorada. Me incomoda que a situação possa ser vista assim: o filho apresentando uma namorada. Não é isso, não viemos para isso. Também não sei para que viemos, mas não viemos para isso.

Falamos de uma série de roubos recentes na vila. Há rumores de que o ladrão vive no bairro. Que é um dos meninos que cresceram aqui. Um que não prosperou. Um que sempre foi meio ladrão. Eu nunca roubei, diz meu pai, de repente. Nem sequer quando criança. Éramos muito pobres, eu vendia verduras na feira – olha para Claudia, consciente de que contou mil vezes a história de sua infância. Diz que nem sequer no máximo estado de desespero roubaria. Que na época tinha amigos que roubavam

– eram meus amigos, eu os amava, mas espero que tenham terminado na prisão, diz. De outro modo a sociedade não funciona.

Em que momento, penso, meu pai mudou tanto. Ao pensar, duvido: não sei se realmente mudou ou se sempre foi assim. Eu roubei, roubei muito, digo, para contrariá-lo. No início meu pai ri. Claro, você me tirava dinheiro da carteira, mas isso não é roubar.

Isso é roubar, respondo sério, sentencioso. Roubar o pai também é roubar. E além disso roubei livros. Numa semana cheguei a roubar dezoito livros – digo dezoito para que soe excessivo e ao mesmo tempo verossímil, mas foram só três e me senti tão culpado que nunca mais voltei a entrar naquela livraria. Mas mantenho o dito, não me retrato, e meu pai me encara com severidade. Me encara como um pai encararia um filho ladrão – um filho já perdido, na cadeia, no dia de visitas.

Minha mãe tenta descontrair o ambiente. Quem não roubou alguma vez?, diz, e desliza uma anedota qualquer de infância, olhando para Claudia. Pergunta se já roubou. Ela responde que não, mas que se estivesse desesperada talvez o fizesse.

Claudia diz que está com dor de cabeça. Peço-lhe que se deite. Vamos ao quarto que era meu quando criança. Armo o sofá-cama, abraço Claudia, ela se estende e fecha os olhos, suas pálpebras tremem de leve. Eu a beijo, prometo que quando se sentir melhor iremos embora. Não quero que a gente vá, diz ela, inesperadamente. Quero ficar aqui, acho necessário que a gente durma esta noite aqui, não me pergunte por quê, diz. Descubro então que não está indisposta. Fico confuso.

Vou até o móvel pequeno onde estão os velhos álbuns de fotografias da família. Para isso servem esses álbuns, penso: para nos fazer acreditar que fomos felizes quando crianças. Para nos demonstrar que não queremos aceitar o quanto fomos felizes. Viro as páginas lentamente. Mostro a Claudia uma foto muito antiga em que meu pai desce de um avião, com o cabelo bem mais comprido e umas lentes muito grossas nublando seus olhos.

Volta para o jantar, me diz, me pede Claudia: quero ficar sozinha algumas horas. Não diz um momento ou um pouco. Diz que quer estar sozinha algumas horas.

MINHA MÃE REQUENTA A COMIDA NO MICRO-ONDAS ENQUANTO meu pai sintoniza o rádio em busca de uma estação de música clássica – nunca gostou de música clássica, e no entanto ele julga que é a música adequada para jantar. Fica ali, movendo o dial, está aborrecido, não quer olhar para mim. Sente-se, papai, estamos conversando, digo com repentina autoridade.

Enquanto jantamos pergunto a meus pais se recordam a noite do terremoto de 1985, se acaso se lembram do vizinho Raúl. Minha mãe confunde os vizinhos, as famílias, enquanto meu pai se lembra de Raúl com precisão. Pelo que sei era democrata-cristão, diz, embora também se comentasse que era algo mais que isso.

Como assim?

Não sei, parece que era socialista, ou comunista, até.

Comunista como meu avô?

Meu pai não era comunista. Meu pai era um operário, nada mais. Raúl deve ter sido mais perigoso. Mas não, não sei. Parecia pacífico. De qualquer maneira, se Piñera ganhar as eleições, vai acabar com a festa. Raúl deve ser um desses que levaram vida boa com esses governos corruptos e desordenados.

Diz isso para me provocar. Eu o deixo falar. Deixo que diga umas quantas frases rudimentares e ácidas. Meteram a mão no nosso bolso esses anos todos, diz. Os da Concertación são um bando de ladrões, diz. Não faria mal a este país um pouco de ordem, diz. E finalmente vem a frase temida e esperada, o limite que não posso, que não vou tolerar: Pinochet foi um ditador e tudo mais, matou algumas pessoas, mas pelo menos naquele tempo havia ordem.

Encaro-o nos olhos. Em que momento, penso, em que momento meu pai se converteu nisso. Ou sempre foi assim? Sempre foi assim? Penso nisso com força, com uma dramaticidade severa e dolorosa: sempre foi assim?

Minha mãe não está de acordo com o que disse meu pai. Na verdade está mais ou menos de acordo, mas quer fazer algo para evitar que a noitada se arruíne. Este mundo é muito melhor, diz. As coisas estão bem. E a Michelle faz o melhor que pode.

Não posso evitar perguntar a meu pai se naqueles anos ele era ou não pinochetista. Eu perguntei isso centenas de vezes, desde a adolescência, é quase uma pergunta retórica, mas ele nunca admitiu – por que não admitir, penso, por que negar durante tantos anos, por que continuar negando?

Meu pai guarda um silêncio áspero e profundo. Finalmente diz que não, que não era pinochetista, que aprendeu desde menino que ninguém ia salvá-los.

Nos salvar de quê?

Nos salvar. Nos dar de comer.

Mas o senhor tinha o que comer. Nós tínhamos o que comer.

Não se trata disso, diz.

A conversa se torna insustentável. Levanto para ir aonde está Claudia. Observo-a com intensidade, mas continua virando as páginas como se não percebesse minha presença. Já examinou metade dos álbuns. Seu olhar absorve, devora as imagens. Às vezes sorri, às vezes seu rosto se torna tão sério que a tristeza me invade. Não, não sinto tristeza: sinto medo.

Volto à mesa do jantar, o sorvete de baunilha se derrete no meu prato. Conto a eles em voz baixa, mas muito rápido, que Claudia era filha de Raúl, mas que durante anos teve que fingir que era sua sobrinha. Que Raúl se chamava, na verdade, Roberto. Não sei o que espero ao contar-lhes isso. Porque alguma coisa espero, alguma coisa procuro.

É uma história enrolada mas muito boa, diz meu pai, depois de um silêncio não tão longo.

Está me gozando? Uma boa história? É uma história dolorosa.

É uma história dolorosa, mas já passou. Claudia está viva. Os pais dela estão vivos.

Os pais estão mortos, digo.

A ditadura os matou?

Não.

E morreram de quê?

A mãe morreu de um derrame cerebral e o pai de câncer.

Coitadinha da Claudia, diz minha mãe.

Mas não morreram por razões políticas, diz meu pai.

Mas estão mortos.

Mas você está vivo, diz ele. E aposto que vai contar esta história tão boa num livro.

Não vou escrever um livro sobre eles. Vou escrever um livro sobre vocês, digo, com um sorriso estranho desenhado na boca. Não posso acreditar no que acaba de acontecer. Me incomoda ser o filho que volta a recriminar, uma e outra vez, seus pais. Mas não posso evitar.

Encaro meu pai e ele desvia o rosto. Então vejo em seu perfil o brilho de uma lente de contato e o olho direito levemente irritado. Me lembro da cena, repetida incontáveis vezes durante a infância: meu pai de cócoras procurando desesperado uma lente de contato que acaba de cair. Todos o ajudávamos a procurar, mas ele queria encontrá-la por si mesmo e aquilo lhe custava uma enormidade.

TAL COMO CLAUDIA QUERIA, NOS HOSPEDAMOS NA CASA DE MEUS pais. Às duas da madrugada eu me levanto para preparar café. Minha mãe está na sala, tomando mate. Me oferece, aceito. Acho que nunca na vida tomei mate com ela. Não gosto do sabor de adoçante mas sorvo forte, me queimo um pouco.

Ele me dava medo, diz minha mãe.

Quem?

Ricardo. Rodolfo.

Roberto.

Isso, Roberto. Eu intuía que estava metido em política.

Todos estavam metidos em política, mamãe. Você também. Vocês. Ao não participar, apoiavam a ditadura – sinto que em minha linguagem há ecos, há vazios. Me sinto como se falasse segundo um manual de comportamento.

Mas nunca, nem seu pai nem eu, estivemos a favor ou contra Allende, a favor ou contra Pinochet.

Por que Roberto lhe dava medo?

Bom, não sei se medo. Mas agora você me conta que era um terrorista.

Não era um terrorista. Escondia pessoas, ajudava pessoas que corriam perigo. E ajudava também a passar informações.

E você acha pouco?

Acho o mínimo que podia fazer.

Mas essas pessoas que ele escondia eram terroristas. Punham bombas. Planejavam atentados. É motivo suficiente para ter medo.

Bom, mamãe, mas as ditaduras não caem por conta própria. Aquela luta era necessária.

Que é que você sabe dessas coisas? Nem tinha nascido na época de Allende. Era uma criança naqueles anos.

Muitas vezes escutei essa frase. Você nem sequer tinha nascido. Desta vez, no entanto, não me dói. De certo modo me dá vontade de rir. Em seguida minha mãe me pergunta, como se viesse ao caso:

Você gosta de Carla Guelfenbein?

Não sei o que responder. Respondo que não. Não gosto desses livros, desse tipo de livros.

Bom, não gostamos dos mesmos livros. Gostei do romance dela, *El revés del alma*. Me identifiquei com os personagens, me emocionei.

E como é possível que se identifique com personagens de outra classe social, com conflitos que não são, que não poderiam ser os conflitos de sua vida, mamãe?

Falo sério, muito sério. Sinto que não deveria falar tão sério. Que não convém. Que não vou solucionar nada repreendendo meus pais pelo passado. Que não vou ganhar nada tirando de minha mãe o direito de opinar com liberdade sobre um livro. Ela me olha com uma mistura de irritação e compaixão. Com um pouco de enfado.

Você se engana, diz, talvez aquela não seja minha classe social, concordo, mas as classes sociais mudaram muito, todo mundo diz isso. E ao ler esse romance eu senti que sim, que aqueles eram meus problemas. Entendo que te incomode que eu diga isso, mas você deveria ser um pouco mais tolerante.

Eu disse somente que não gostava daquele romance. E que era estranho que se sentisse identificada com personagens de outra classe social.

E Claudia?

O que tem Claudia?

Claudia é de que classe social? De que classe você é agora? Ela morou em Maipú, mas não é daqui. Vê-se que é mais refinada. Você também parece mais refinado que nós. Ninguém diria que é meu filho.

Desculpa, diz minha mãe antes que eu possa responder a essa pergunta que, de todo modo, não saberia responder. Me serve mais mate e acende dois cigarros com a mesma chama. Vamos fumar aqui dentro, mesmo que seu pai não goste. Me passa um.

Não é culpa sua, me diz. Você era muito jovem quando saiu de casa, aos vinte e dois anos.

Aos vinte, mamãe.

Aos vinte, aos vinte e dois, dá no mesmo. Muito jovem. Às vezes penso como seria a vida se você tivesse ficado em casa. Alguns ficaram. O menino ladrão, por exemplo. Ele ficou aqui e se tornou um ladrão. Outros também ficaram e agora são engenheiros. Assim é a vida: você se torna ladrão ou engenheiro. Mas não sei muito bem o que você se tornou.

Eu também não sei o que meu pai se tornou, digo eu, de forma meio involuntária.

Seu pai sempre foi um homem que ama a família. Foi e é.

E como teria sido a vida se eu tivesse ficado, mamãe?

Não sei.

Teria sido pior, respondo.

Minha mãe concorda. Talvez seja bom estarmos menos próximos, diz. Gosto de você como é. Gosto que defenda suas ideias. E gosto dessa menina, Claudia, para você, ainda que não seja da sua classe social.

Apaga a bituca cuidadosamente e lava o cinzeiro antes de ir deitar. Fico na sala, fumando, por mais um tempinho. Abro a porta e me sento na soleira. Quero contemplar a noite, procurar a lua, terminar em longos goles o uísque que acabo de me servir. Me apoio no carro de meus pais, uma caminhonete nova Hyundai. Soa o alarme, meu pai se levanta. Acho comovente vê-lo de pijama. Me pergunta se estou bêbado. Um pouco, respondo, com a voz apagada: só um pouco.

É muito tarde, cinco da manhã. Vou para o quarto. Claudia dorme, me estendo a seu lado, me movimento querendo despertá-la. Não é só um pouco: estou bêbado. A escuridão é quase completa e mesmo assim sinto seu olhar em minha fronte e em meu peito. Me acaricia o pescoço, mordo-lhe um ombro. Não podemos perder a oportunidade, diz ela, de fazer amor na casa dos seus pais. Seu corpo se move na escuridão enquanto amanhece.

ÀS OITO DA MANHÃ DECIDIMOS PARTIR. VOU AO QUARTO DE meus pais para me despedir. Vejo-os dormir abraçados. A imagem me parece forte. Sinto pudor, alegria e desassossego. Penso que são os belos sobreviventes de um mundo perdido, de um mundo impossível. Meu pai acorda e me pede que espere. Quer me dar umas camisas que não usa mais. São seis, não parecem velhas, deduzo que ficarão pequenas, mas as recebo assim mesmo.

Voltamos para casa e é como se regressássemos de uma guerra, mas de uma guerra que não terminou. Penso que nos convertemos em desertores. Penso que nos convertemos em correspondentes, em turistas. É isso o que somos, penso: turistas que alguma vez chegaram com suas mochilas, suas câmeras e seus cadernos, dispostos a passar muito tempo fatigando os olhos, mas que de repente decidiram voltar e enquanto voltam respiram um longo alívio.

Um alívio longo, mas passageiro. Porque nesse sentimento há inocência e há culpa, e embora não possamos, embora não saibamos falar de inocência ou de culpa, dedicamos os dias a repassar uma longa lista que enumera o que então, quando crianças, desconhecíamos. É como se tivéssemos presenciado um crime. Não o cometemos, somente passávamos pelo lugar, mas arrancamos dali porque sabemos que se nos encontrassem nos culpariam. Nos julgamos inocentes, nos julgamos culpados: não sabemos.

De volta em casa Claudia olha as camisas que meu pai me presenteou. Durante muitos anos não tive roupa, diz de repente:

primeiro usava as coisas que Ximena deixava e depois os vestidos da minha mãe. Quando ela morreu brigamos até o último trapo e agora que penso nisso vejo que talvez tenha sido naquele momento que nossa relação se estropiou definitivamente. Os ternos de meu pai, ao contrário, continuam no guarda-roupa do quarto, intactos, diz.

GUARDEI AS CAMISAS DE MEU PAI NUMA GAVETA DURANTE MESES. Desde então aconteceram muitas coisas. Desde então Claudia se foi e eu comecei a escrever este livro.

Olho agora essas camisas, estendo-as sobre a cama. Gosto de uma em especial, cor azul petróleo. Acabo de prová-la, definitivamente fica pequena em mim. Olho-me no espelho e penso que a roupa dos pais deveria sempre ficar grande em nós. Mas penso também que precisava disso; que às vezes precisamos nos vestir com a roupa dos pais e nos olhar demoradamente no espelho.

Nunca falamos com sinceridade sobre essa viagem a Maipú. Muitas vezes eu quis saber o que Claudia tinha sentido, por que tinha desejado que nos hospedássemos lá, mas cada vez que eu perguntava ela me respondia com evasivas ou com frases feitas. Vieram depois uns dias silenciosos e longos. Claudia se mostrava concentrada, atarefada e um pouco tensa. Eu não deveria ter me surpreendido quando ela me anunciou sua decisão. Supõe-se que eu esperava o desenlace, supõe-se que não havia outro desenlace possível.

Voltei a ver Ximena, ela me disse primeiro, com alegria. Ainda não aceitava que vendessem a casa, mas tinham reatado a relação e para Claudia isso importava muito mais que a herança. Contou que conversaram durante horas, sem agressões de nenhuma espécie. Faz anos, faz muitos anos, me disse depois, mudando o tom de uma maneira que me pareceu dolorosa, faz anos descobri que queria uma vida normal. Que queria, sobretudo, estar tranquila. Já vivi as emoções, todas as emoções. Quero uma vida tranquila, simples. Uma vida com passeios no parque.

Pensei nessa frase meio casual, involuntária: a vida com passeios no parque. Pensei que também minha vida era de alguma forma uma vida com passeios no parque. Mas entendi o que ela queria dizer. Procurava uma paisagem própria, um parque novo. Uma vida em que não fosse mais a filha ou a irmã de alguém. Insisti, não sei porquê, não sei para quê. Nesta viagem você recuperou seu passado, eu disse.

Não sei. Mas aproveitei para te contar. Voltei à infância numa viagem que talvez necessitasse. Mas não é bom que nos enganemos. Naquele tempo, quando crianças, você espionava meu pai porque queria estar comigo. Agora é igual. Você me escutou só para me ver. Sei que você se importa com a minha história, mas o que mais te importa é tua própria história.

Achei que ela estava sendo dura, que estava sendo injusta. Que dizia palavras desnecessárias. De repente senti raiva, senti até uma ponta de rancor. Você é muito arrogante, disse.

Sim, respondeu. E você também. Quer que eu te apoie, que tenha a mesma opinião que você, como dois adolescentes que forçam coincidências para estar juntos e esticam o olhar e mentem.

Recebi o golpe, talvez o merecesse. Entendo que você vá embora, disse eu. Santiago é mais forte que você. E o Chile é um país de merda que será governado por um ricaço bronco que vai fazer discursos e mais discursos celebrando o bicentenário.

Não vou embora por causa disso, disse, taxativa.

Vai embora porque está apaixonada por outro, repliquei, como se fosse um jogo de adivinhação. Pensei em seu namorado argentino e pensei também em Esteban, o jovem louro que a acompanhava naquele tempo, em Maipú. Nunca lhe perguntei se era seu namorado. Quis perguntar agora, fora de hora, de modo torpe, infantil. Mas antes que pudesse fazê-lo ela respondeu, com ênfase: não estou apaixonada por outro. Tomou um gole longo de café enquanto pensava no que ia dizer. Não estou apaixonada por ninguém, na verdade. Se tenho certeza de alguma coisa, disse, é de que não estou apaixonada por ninguém.

Mas talvez seja melhor que você entenda assim, acrescentou depois, num tom indefinível. É mais fácil entender assim. É melhor pensar que tudo isso foi uma história de amor.

4.

ESTAMOS BEM

ESTA TARDE EME ACEITOU, POR FIM, CONHECER O MANUSCRITO. Não quis que eu lesse para ela em voz alta, como antes. Pediu que eu imprimisse as páginas e cobriu-se com o lençol para lê-las na cama, mas de repente mudou de ideia e começou a se vestir. Prefiro ir para minha casa, disse. Já faz muito tempo que estou aqui, quero dormir na minha cama esta noite.

Imagino-a lendo, agora, naquela sua casa para a qual nunca me convidou. Naquela cama que não conheço. Minha cama também é dela, nós a escolhemos juntos. E os lençóis, as mantas, o colchão. Eu disse isso antes que ela saísse, mas não esperava sua resposta: para que isto funcione, disse ela, às vezes você deve pensar que acabamos de nos conhecer. Que nunca antes compartilhamos nada.

Me impressionou a moderação um pouco forçada de sua voz. Me falou como se fala a um homem que reclama injustamente na fila do supermercado. Todos temos pressa, senhor. Seja paciente, espere sua vez.

Espero minha vez, então, sentimental, civilizadamente.

▪ ▪ ▪

Aos vinte anos, quando tinha acabado de sair de casa, trabalhei por um tempo contando automóveis. Era um emprego simples e mal pago, mas de alguma forma eu gostava de ficar na esquina designada e anotar na planilha a quantidade de carros, caminhonetes e ônibus que passavam a cada hora. Eu gostava, sobretudo, de cumprir o turno da noite, embora às vezes me batesse o sono e com certeza a imagem fosse absurda: um tipo jovem, concentrado e com olheiras, numa esquina da avenida Vicuña Mackenna, esperando nada, olhando de soslaio outros jovens que voltavam para casa alardeando a bebedeira.

É noite e eu escrevo. É meu trabalho agora, ou algo assim. Mas enquanto escrevo passam automóveis pela avenida Echeñique e às vezes me distraio e começo a contá-los. Nos últimos dez minutos passaram catorze carros, três caminhonetes e uma moto. Não consigo saber se dobram a esquina seguinte ou seguem em frente. De um modo vago e melancólico penso que gostaria de saber.

Penso no antigo Peugeot 404. Meu pai costumava dedicar os fins de semana a ajustá-lo, embora na verdade o carro nunca falhasse – ele mesmo dizia, com esse amor que só os homens podem sentir pelos carros, que se portava bem, que dava poucos problemas, e no entanto ele passava a vida regulando-o, trocando as velas, ou lendo até tarde algum capítulo de *Apunto, la enciclopedia del automóvil*. Nunca vi alguém tão concentrado como meu pai naquelas noites de leitura.

Parecia-me ridículo que ele dedicasse tanto tempo ao carro. Além do mais eu era obrigado a ajudá-lo – ajudá-lo consistia em esperar, com uma paciência infinita, que por fim ele dissesse: me passa a chave inglesa. Depois devia aguardar que a devolvesse e ainda por cima escutar longas explicações sobre mecânica que não me interessavam nem um pouco. Descobri então certo prazer no fato de fingir que escutava meu pai ou outros adultos. Em concordar com a cabeça sustentando o meio sorriso de quem sabe estar pensando em outra coisa.

O destino daquele Peugeot foi horrível. Um velho caminhão que entrou na contramão bateu nele e meu pai quase morreu. Ainda me lembro de quando me mostrou a marca que o cinto de segurança lhe deixou no peito. Me falou então sobre prudência, sobre o sentido das normas. De repente abriu a camisa para me mostrar a marca vermelha desenhada com precisão em seu peito moreno. Se eu não tivesse posto o cinto de segurança, estaria morto, disse ele.

O Peugeot ficou em pedaços e foi preciso vendê-lo como sucata. Acompanhei meu pai ao depósito de carros. Desde então, cada vez que vejo um Peugeot 404 relembro essa imagem ingrata. E a cicatriz de meu pai, também, quando íamos à piscina ou à praia. Eu não gostava de vê-lo em traje de banho. Não gostava de ver aquela marca riscando-lhe o peito, aquela evidência, aquela faixa horrível que ficou em seu corpo para sempre.

▪ ▪ ▪

É estranho, é tolo pretender um relato genuíno sobre algo, sobre alguém, sobre qualquer um, até mesmo sobre si próprio. Mas é necessário também.

São quatro da madrugada, não consigo dormir. Aguento a insônia contando automóveis e formando novas frases na geladeira:

our perfect whisper
another white prostitute
understand strange picture

almost black mouth
how imagine howl
naked girl long rhythm

Esta é muito linda: *naked girl long rhythm.*

▪ ▪ ▪

Cheguei meia hora antes, sentei no terraço e pedi uma taça de vinho. Queria ler enquanto esperava Eme, mas uns meninos corriam perigosamente ao redor e era difícil me concentrar. Deveriam estar na escola, pensei, mas lembrei que era sábado. Em seguida vi suas mães na mesa ao lado, entretidas num bate-papo superficial.

Chegou tarde. Notei que estava nervosa, porque me deu uma longa explicação pela demora, como se nunca antes tivesse chegado tarde. Deduzi que não queria falar do romance. Então decidi perguntar, sem mais, o que tinha achado. Procurou o tom por um bom tempo. Balbuciou. Tentou alguma piada que não entendi. O romance está bom, disse ela, por fim. É um romance.

Como?

Isso, que é um romance. Gostei.

Mas não está terminado.

Mas você vai terminá-lo e ficará bom.

Eu queria lhe pedir precisões, perguntar por algumas passagens, por alguns personagens, mas não foi possível, porque uma das mulheres da mesa ao lado se aproximou e cumprimentou Eme efusivamente. Sou a Pepi, disse ela, e se abraçaram. Não sei se disse Pepi ou Pepa ou Pupi ou Papo, mas era um apelido desse tipo. Apresentou-nos seus filhos, que eram os mais espevitados do grupo. Eme podia cortar a conversa nesse ponto, mas quis continuar comentando com sua antiga companheira a enorme coincidência de se encontrarem naquele restaurante. Não me pareceu tão grande a coincidência. Pepi ou Pupi ou Papi mora em La Reina, assim como Eme. O estranho é que não tivessem se encontrado antes.

Fiquei mal. Achei que Eme alongava intencionalmente a conversa. Que agradecia aquele encontro porque lhe permitia adiar o momento em que devia me dar uma opinião real sobre o manuscrito. Depois se desculpou e me disse que tinha que ir embora. Voltei para casa frustrado, chateado. Tentei continuar escrevendo, mas não consegui.

■ ■ ■

Quando criança eu gostava da palavra apagão. Minha mãe nos buscava, nos levava à sala. Antigamente não havia luz elétrica, dizia enquanto acendia as velas. Eu custava a imaginar um mundo sem lâmpadas, sem interruptores nas paredes.

Aquelas noites nos permitiam ficar um tempo conversando e minha mãe costumava contar a piada da vela inapagável. Era longa e sem graça, mas gostávamos muito: a família tentava apagar uma vela para ir dormir mas todos tinham a boca torta. No final a avó, que também tinha a boca torta, apagava a vela molhando os dedos com saliva.

Meu pai também exaltava a piada. Estavam ali para que não tivéssemos medo. Mas não tínhamos medo. Eram eles que tinham medo.

Disso quero falar. Desse tipo de lembrança.

■ ■ ■

Hoje telefonou meu amigo Pablo para me ler esta frase que encontrou num livro de Tim O'Brien: "O que adere à memória são esses pequenos fragmentos estranhos que não têm princípio nem fim".

Fiquei pensando nisso e perdi o sono. É verdade. Recordamos, mais propriamente, os ruídos das imagens. E às vezes, ao escrever, limpamos tudo, como se desse modo avançássemos para algum lado. Deveríamos simplesmente descrever esses ruídos, essas manchas na memória. Essa seleção arbitrária, nada mais. Por isso mentimos tanto, afinal. Por isso um livro é sempre o reverso de outro livro imenso e estranho. Um livro ilegível e genuíno que traduzimos, que traímos pelo hábito de uma prosa passável.

Penso no belíssimo começo de *Léxico familiar*, o romance de Natalia Ginzburg: "Neste livro, lugares, fatos e pessoas são reais. Não inventei nada: e toda vez que, nas pegadas do meu velho costume de romancista, inventava, logo me sentia impelida a destruir tudo o que inventara". Eu haveria de ser capaz disso. Ou de ficar calado, simplesmente.

■ ■ ■

Estou em Las Cruces, desfrutando a praia vazia, com Eme.

Pela manhã, estendido na areia, li *A promessa da aurora*, o livro de Romain Gary onde aparece este parágrafo preciso, oportuno: "Não sei falar do mar. A única coisa que sei é que o mar me livra imediatamente de todas as minhas obrigações. Cada vez que o contemplo me converto num afogado feliz".

Eu tampouco sei falar do mar, embora se suponha que foi minha primeira paisagem. Quando eu tinha apenas dois meses de vida, meu pai aceitou um trabalho em Valparaíso e ficamos em Cerro Alegre por três anos. Mas minha primeira lembrança do mar é muito mais tardia, com seis anos talvez, quando já morávamos em Maipú. Lembro-me de haver pensado, aflito e feliz, que era um espaço sem limites, que o mar era um lugar que continuava, que prosseguia.

Faz algum tempo tentei escrever um poema chamado "Afogados felizes". Não saiu.

▪ ▪ ▪

Voltamos num carro que emprestaram a Eme. Dirigi com tanta cautela que acho que ela estava a ponto de se exasperar. Depois a acompanhei, pela primeira vez, a sua casa. Fiquei impressionado ao ver suas coisas arranjadas de outra maneira. Reconhecíveis. Não sei se gostei de dormir com ela lá. Estive o tempo todo oprimido pelo desejo de registrar cada detalhe.

Pela manhã tomamos chá com suas amigas. Era tal como Eme me havia descrito. A casa é na verdade um imenso ateliê. Enquanto Eme desenha, suas companheiras – falou seus nomes muitas vezes, mas nunca consegui guardá-los – fazem roupas e artesanatos.

Quando eu estava prestes a ir embora Eme me perguntou se estava escrevendo. Não soube o que responder.

Seja como for, na noite passada escrevi estes versos:

É melhor não sair em nenhum livro
As frases que não nos queiram abrigar
Uma vida sem música e sem letra
E um céu sem essas nuvens que há agora.

▪ ▪ ▪

A prosa sai estranha. Não encontro o humor, a textura. Mas solto alguns versos e de repente me deixo invadir por esse ritmo. Movo os versos, confirmo e transgrido a cadência, passo horas trabalhando no poema. Leio, em voz alta:

É melhor não sair em nenhum livro
As frases que não nos queiram abrigar
Uma vida sem música e sem letra
E um céu sem essas nuvens que agora
Você não sabe se estão indo ou vindo
Essas nuvens quando mudam tantas vezes
De forma que ainda parecemos estar
Morando no lugar que abandonamos
Quando ainda não sabíamos os nomes
das árvores

Quando não sabíamos os nomes
dos pássaros
Quando o medo era o medo e não existia
O amor pelo medo
Nem o medo pelo medo
E a dor era um livro interminável
Que um dia folheamos só para ver
Se no final apareciam nossos nomes.

■ ■ ■

Sonhei que estava bêbado e dançava uma canção de Los Ángeles Negros, "El tren hacia el olvido". De repente aparecia Alejandra Costamagna – você está tão mamado, me dizia, melhor eu te levar para casa, me dá o endereço. Mas eu tinha esquecido meu endereço e continuava dançando enquanto tentava lembrá-lo. No sonho eu tomava piscola; no sonho eu gostava de piscola.

Alejandra dançava comigo, mas era antes uma maneira de me ajudar; eu cambaleava indignamente, estava a ponto de cair no meio da pista. Mas não era a pista de uma discoteca, era a sala da casa de alguém.

Não somos amigos, eu dizia a Alejandra, no sonho. Por que você está me ajudando se não somos amigos?

Porque somos amigos, respondia ela. Você está sonhando e no sonho pensa que não somos amigos. Mas somos amigos. Tente acordar, me dizia. Eu tentava, mas continuava no sonho e começava a me angustiar.

Finalmente despertei. Eme dormia a meu lado. Reconheci, na televisão, as cenas finais de *Amores expressos*. Achei absurdo que tivéssemos adormecido vendo um filme tão bom como *Amores expressos*.

Liguei para Alejandra, contei-lhe o sonho, ela riu. Eu gosto de "El tren hacia el olvido", disse ela. Eu também, mas gosto muito mais de "El rey y yo", respondi. Perguntou como iam as coisas com Eme. Não sei, respondi, instintivamente. E é verdade, penso agora: não sei.

▪ ▪ ▪

Há dor mas também há felicidade ao abandonar um livro. Comigo aconteceu assim, pelo menos: primeiro o melodrama de ter perdido tantas noites numa paixão inútil. Mas depois, com o passar dos dias, prevalece um ligeiro vento favorável. Voltamos a nos sentir cômodos nesse quarto em que escrevemos sem grandes planos, sem propósitos precisos.

Abandonamos um livro quando compreendemos que não era para nós. De tanto querer lê-lo acreditamos que nos cabia escrevê-lo. Estávamos cansados de esperar que alguém escrevesse o livro que queríamos ler.

Não penso em abandonar meu romance, no entanto. O silêncio de Eme me fere e o entendo. Eu a obriguei a ler o manuscrito e agora quero obrigá-la a aceitá-lo. E o peso de sua possível desaprovação me faz desejar não tê-lo escrito ou abandoná-lo. Mas não. Não vou abandoná-lo.

▪ ▪ ▪

Penso em almoçar com meus pais, mas a perspectiva de vê-los celebrando o triunfo de Piñera me desalenta. Telefono para eles e digo que não irei votar. No ônibus escuto canções muito boas, mas de repente a música, qualquer música, me soa insuportável. Guardo os fones de ouvido e retomo a leitura de *A promessa da aurora*. Fico pregado nesta frase: "Em vez de gritar, escrevo livros".

Voto com um sentimento de pesar, com pouquíssima esperança. Sei que Sebastián Piñera ganhará o primeiro turno e com certeza também o segundo. Acho isso horrível. Já se vê que perdemos a memória. Entregaremos plácida, candidamente o país a Piñera e ao Opus Dei e aos Legionários de Cristo.

Depois de votar, ligo para meu amigo Diego. Espero um bom tempo por ele, sentado no gramado da praça, perto do espelho d'água. Fazemos a caminhada até o Templo de Maipú, passamos pelo local onde antigamente ficava o supermercado Toqui. Diego é de Iquique mas mora em Maipú há dez anos. Era boa a carne e a confeitaria, digo, e descrevo com detalhes o supermercado. Ele me escuta respeitosamente, mas talvez pense que meu interesse é absurdo, porque todos os supermercados são iguais.

Nunca tinha vindo ao Templo, diz Diego. Entramos no meio de uma das tantas missas do domingo. Não há muita gente. Sentamos perto do altar. Olho as bandeirinhas, conto-as. Sentamos, depois, na escadaria da entrada, escuta-se a música pelos alto-falantes e conversamos enquanto alguns meninos jogam bola e a todo momento a lançam perto de nós. Me apresso em devolvê-la, mas de repente um deles chuta forte e acerta Diego na cara. Esperamos que se desculpem ou ao menos sorriam como se se desculpassem. Não o fazem. Fico com a bola, os meninos se aproximam, tiram-na das minhas mãos. Tenho raiva. Tenho vontade de lhes dar uma bronca. De lhes dar uma lição.

Falamos sobre Maipú, sobre a ideia chilena de vila, tão distinta do que se entende na Argentina ou na Espanha. O sonho da classe média, mas de uma classe média sem ritos, sem enraizamento. Pergunto se ele lembra de uma série do Canal 13 que se chamava *Villa Nápoli*. Diego não se lembra. Às vezes esqueço que é muito mais jovem que eu.

Falamos sobre meu romance, mas também sobre o romance que Diego publicou há pouco tempo e que li semanas atrás. Digo que me agrada, tento precisar o que me agrada. Penso numa cena em especial. O protagonista viaja a Buenos Aires com seu pai e lhe pede um livro. O pai o compra e, à maneira de aprovação, abre-o e diz "é resistente".

Isso você não inventou, digo eu. Essas coisas não se inventam. Diego ri, movendo a cabeça como se dançasse heavy metal. Não, não inventei, diz.

Depois vamos ao apartamento onde Diego mora com sua mãe, na avenida Sur. Sua mãe se chama Cinthya. Comentamos os resultados, que a esta hora da tarde já são claros. Segundo turno, com enorme vantagem para Piñera.

Diego prepara o abacate e coloca azeite. Digo que não é necessário botar azeite. Meu pai sempre me dava bronca por isso, diz, e ri. Pelo menos nisso seu pai tinha razão, respondo, e rio também.

▪ ▪ ▪

Pensei que você estava brincando quando falou que escrevia sobre mim, me disse Eme, no restaurante. Me olhou como se procurasse o meu rosto. Senti que escolhia com cuidado as palavras. Que se dispunha a falar. Mas se deteve num sorriso.

Fomos comer sushi no lugar de sempre. O pedido demorava demais e me lembrei da cena do almoço, quando criança – a angústia de irmos embora com os pratos servidos. É como no romance, eu ia dizer, mas ela me olhou com apagada curiosidade. Agora penso que me olhou com compaixão. Então achei que começava o momento da espera em que só é possível falar da espera. Mas ela começou outra conversa, com um tom que parecia ter pensado, que com certeza tinha ensaiado longamente naqueles dias.

Eu não mudei tanto, disse ela. E você muito menos. Faz umas semanas te disse que devíamos fingir que acabávamos de nos conhecer. Não entendo muito bem o que eu quis dizer. Acho que nestes meses temos rido do que éramos. Mas é falso. Continuamos sendo o que éramos. Agora entendemos tudo. Mas sabemos pouco. Sabemos menos que antes – isso é bom, disse eu, temeroso: é bom não saber, esperar apenas.

Não. Não é bom. Seria bom se fosse verdadeiro. Queremos estar juntos e para isso estamos até dispostos a fingir. Não mudamos tanto a ponto de poder estar juntos de novo. E eu me pergunto se vamos mudar.

Compreendi o que estava por vir e me preparei. Nas discussões eu costumava me refugiar num certo otimismo, mas ela fechava a cara e depois até o corpo para me expulsar. Sempre me lembro dessa dor, uma noite, há anos: em plena discussão começamos a nos acariciar e ela se pôs em cima de mim, mas no meio da penetração não pôde controlar a raiva que sentia e fechou a vagina por completo.

De repente, sem que eu esperasse, Eme começou a falar sobre o romance. Tinha gostado, mas durante toda a leitura não teve como evitar uma sensação ambígua, uma vacilação. Você contou minha história, disse ela, e eu deveria te agradecer por isso, mas acho que não, que preferiria que ninguém contasse essa história. Expliquei que não era exatamente sua vida, que apenas tinha tomado algumas imagens, algumas lembranças que tínhamos dividido. Não dê desculpas, disse ela: você deixou algumas notas no cofre, mas de todo modo roubou o banco, disse. Achei essa uma metáfora tola, vulgar.

Chegou o sushi, finalmente. Me concentrei no sashimi de salmão – comi com voracidade, untei cada pedaço com shoyu em excesso e os pedaços de gengibre e a abundante raiz-forte me incendiavam a boca. Era como se eu quisesse me aplicar um castigo absurdo enquanto pensava que amava aquela mulher, que era um amor pleno, não uma forma desgastada de amor. Que ela não era para mim um hábito, um vício difícil de abandonar. E no entanto, àquela altura, eu já não estava, já não estou, disposto a lutar.

Comi o sushi, os pedaços que me correspondiam e também os dela, e quando a bandeja ficou vazia Eme me disse, com aspereza, vamos parar por aqui. Nisso chegou o gerente e começou um prolongado pedido de desculpas que nenhum de nós dois queria escutar. Ofereceu-nos café e sobremesa grátis, por conta da casa, para compensar a demora. Escutamos de modo ausente. Respondemos mecanicamente que não tinha importância, que não se preocupasse. E fomos embora, cada um para o seu lado.

Ao chegar em casa pensei nas palavras de Eme. Achei que ela estava certa. Que sabemos pouco. Que antes sabíamos mais, porque estávamos cheios de convicções, de dogmas, de regras. Que amávamos essas regras. Que a única coisa que tínhamos amado de verdade era esse punhado absurdo de regras. E agora entendemos tudo. Entendemos, em especial, o fracasso.

Alone again (*naturally*). O que mais me dói é o *naturally*. Vamos então, você e eu, cada um para o seu lado.

▪ ▪ ▪

Faz alguns dias Eme deixou com os vizinhos uma caixa para mim. Só hoje me atrevi a abri-la. Havia dois coletes, um cachecol, meus filmes de Kaurismäki e Wes Anderson, meus discos de Tom Waits e Wu-Tang Clan, além de alguns livros que durante esses meses lhe emprestei. Entre eles estava também o exemplar de *Em louvor da sombra*, o ensaio de Tanizaki que lhe dei de presente há anos. Não sei se por crueldade ou por descuido, ela o incluiu na caixa.

Ela nunca me disse se o havia lido, por isso me surpreendeu reconhecer, agora, no livro, as marcas de um grosso marca-texto amarelo. Costumava importuná-la por isso: seus livros ficavam feios depois dessa espécie de batalha que era a leitura. Pode-se dizer que ela lia com a ansiedade de quem memoriza datas para um exame, mas não, havia se acostumado, simplesmente, a marcar dessa maneira as frases das quais gostava.

Falo de Eme no passado. É triste e fácil: já não está. Mas também deveria aprender a falar de mim mesmo no passado.

▪ ▪ ▪

Voltei ao romance. Ensaio mudanças. Da primeira para a terceira pessoa, da terceira para a primeira, até para a segunda.

Distancio e aproximo o narrador. E não avanço. Não vou avançar. Mudo de cenários. Apago. Apago muitíssimo. Vinte, trinta páginas. Esqueço esse livro. Me embriago aos poucos, adormeço.

E depois, ao despertar, escrevo versos e descubro que isso era tudo: recordar as imagens em plenitude, sem composições de lugar, sem maiores cenários. Conseguir uma música genuína. Nada de romances, nada de desculpas.

Ensaio apagar tudo e deixar que prevaleça somente este ritmo, estas palavras:

A mesa consumida pelo fogo
Essas marcas no corpo de meu pai
A rápida confiança nos escombros
As frases na parede da infância
O rumor de meus dedos hesitantes
Tua roupa nas gavetas de outra casa
O rumor interminável dos carros
A esperança ardente de voltar

Sem passos nem caminho de memória
A larga convicção de que esperamos
Que ninguém reconheça em nosso rosto
O rosto que já há tempo perdemos.

▪ ▪ ▪

Semanas sem escrever neste diário. O verão inteiro, quase.

Estava acordado, sem sono, escutando The Magnetic Fields, quando começou o terremoto. Sentei na soleira e pensei, com calma, com estranha serenidade, que era o fim do mundo. É longo, pensei também. Cheguei a pensar muitas vezes: foi longo.

Quando por fim terminou, me aproximei dos vizinhos, um casal e sua filha pequena, que continuavam abraçados, tiritando. Como estão?, perguntei. Bem, respondeu o vizinho, um pouco assustados, nada mais – e como estão vocês, me perguntou. Respondi, sorrindo: estamos bem.

Faz dois anos que moro sozinho e o vizinho não se dá conta, pensei. Pensei também que agora era eu o vizinho solitário, agora eu era Raúl, eu era Roberto. Lembrei-me, então, do romance. Acreditei, alarmado, que a história terminaria deste modo: com aquela casa de Maipú, a casa de minha infância, destruída. O que me havia levado a narrar o terremoto de 1985? Eu não sabia, não sei. Sei, no entanto, que durante aquela noite tão distante pensei pela primeira vez na morte.

A morte era então invisível para os meninos como eu, que saíamos, que corríamos sem medo por aquelas travessas de fantasia, a salvo da história. A noite do terremoto foi a primeira vez que pensei que tudo poderia vir abaixo. Agora creio que é bom saber disso. Que é necessário lembrar a cada instante.

Passadas as cinco da manhã saí para percorrer o bairro. Caminhei muito lentamente, esperando a ajuda dos fachos das lanternas que iam em desordem desde o chão até as copas das árvores e das luzes dos carros que enchiam de repente o espaço. As crianças dormiam ou tentavam dormir deitadas na calçada. A voz de um homem assegurava, de uma esquina a outra, como um mantra: estamos bem, estamos bem.

Liguei o rádio no celular. A informação ainda era escassa. Começava aos poucos o inventário de mortes. Os locutores vacilavam e um deles até disse esta frase que, em tais circunstâncias, era cômica: definitivamente isto foi um terremoto.

Cheguei, por fim, perto da casa de Eme, e fiquei na calçada à espera de algum sinal. De repente escutei sua voz. Falava com suas amigas, me pareceu que fumavam no jardim da frente. Ia me aproximar mas refleti que bastava aquilo, saber que estava a salvo. Eu a sentia muito próxima, a poucos passos, mas preferi ir embora logo. Estamos bem, pensei, com um estranho esboço de alegria.

Voltei para casa ao amanhecer. Fiquei impressionado com a imagem, ao entrar. Dias antes tinha organizado os livros. Agora configuravam uma generosa ruína no chão. O mesmo ocorria com os pratos e dois vitrais. A casa resistiu, de todo modo.

Pensei em partir de imediato a Maipú, mas pouco antes das nove da manhã consegui me comunicar com minha mãe. Estamos bem, disse ela, e me pediu que não fosse vê-los, que era muito perigoso o deslocamento. Fique organizando seus livros, disse ela. Não se preocupe conosco.

Mas irei. Amanhã cedo vou vê-los, vou acompanhá-los.

É tarde. Escrevo. A cidade convalesce mas retoma aos poucos o movimento de uma noite qualquer, o fim do verão. Penso ingenuamente, intensamente na dor. Nas pessoas que morreram hoje, no sul. Nos mortos de ontem, de amanhã. E neste ofício estranho, humilde e altivo, necessário e insuficiente: passar a vida olhando, escrevendo.

Depois do Peugeot 404 meu pai teve um 504 azul pálido e em seguida um 505 prateado. Nenhum desses modelos circula agora pela avenida.

Observo os carros, conto os carros. Me parece triste pensar que nos assentos traseiros vão meninos dormindo, e que cada um desses meninos recordará, alguma vez, o antigo carro em que anos atrás viajava com seus pais.

Santiago, fevereiro de 2010

ALEJANDRO ZAMBRA nasceu em Santiago, no Chile, em 1975. *Formas de voltar para casa* (2011), seu terceiro romance, foi traduzido para o inglês, o italiano, o francês, o alemão e o holandês, entre outros idiomas. Em seu país, o livro conquistou o Prêmio Altazor e o Prêmio do Conselho Nacional do Livro. Os romances anteriores do autor, *Bonsai* e *A vida privada das árvores*, foram lançados pela Cosac Naify em 2012 e 2013, respectivamente. Zambra escreveu ainda dois volumes de poesia, *Bahía inútil* (1998) e *Mudanza* (2003), além da coletânea de ensaios *No leer* (2010). Eleito pela revista britânica *Granta* como um dos 22 melhores jovens escritores hispano-americanos, Zambra é também crítico e professor de literatura.

Originalmente publicado em espanhol
por Editorial Anagrama S. A.

Coordenação editorial MARTA GARCIA
Preparação LIVIA DEORSOLA
Projeto gráfico FLÁVIA CASTANHEIRA
Composição MÁRIO FERRAZ JR.
Revisão THIAGO LINS, PEDRO PAULO DA SILVA
Produção gráfica SIRLENE NASCIMENTO

A editora agradece a colaboração de Josely Vianna
Baptista na revisão dos poemas.

1ª reimpressão, 2014

Nesta edição, respeitou-se o novo
Acordo Ortográfico da Língua Portuguesa.

Dados Internacionais de Catalogação na Publicacão (CIP)

Zambra, Alejandro [1975-]
Formas de voltar para casa: Alejandro Zambra
Título original: *Formas de volver a casa*
Tradução: José Geraldo Couto
São Paulo: Cosac Naify, 2014
160 pp.

ISBN 978-85-405-0604-6

1. Ficção chilena 2. Literatura latino-americana
I. Couto, José Geraldo II. Título

CDD 863.83

Índices para catálogo sistemático:
1. Ficção: literatura chilena: 863.83

COSAC NAIFY
rua General Jardim, 770, 2º andar
01223-010 São Paulo SP
cosacnaify.com.br [11] 3218 1444
atendimento ao professor [11] 3823 6560
professor@cosacnaify.com.br

FONTE Arnhem
PAPEL Pólen Soft 80 g/m²
IMPRESSÃO Geográfica

FSC
www.fsc.org
MISTO
Papel produzido a partir de fontes responsáveis
FSC® C019498

A marca FSC® é a garantia de que a madeira utilizada na fabricação do papel deste livro provém de florestas que foram gerenciadas de maneira ambientalmente correta, socialmente justa e economicamente viável, além de outras fontes de origem controlada.